新潮文庫

# 米朝開戦

1

マーク・グリーニー
田村源二訳

# 米朝開戦 1

## 主要登場人物

| | |
|---|---|
| ジェリー・ヘンドリー……………… | 〈ザ・キャンパス〉の長 |
| ジョン・クラーク………………… | 〃　工作部長 |
| ギャヴィン・バイアリー………… | 〃　ＩＴ部長 |
| アダーラ・シャーマン…………… | 〃　輸送部長 |
| ドミンゴ・〝ディング〟・シャベス… | 〃　工作員 |
| サム・ドリスコル………………… | 〃　工作員 |
| ドミニク・カルーソー…………… | 〃　工作員 |
| ジャック・ライアン・ジュニア…… | 〃　工作員／分析員 |
| ジョン・パトリック・ライアン…… | アメリカ合衆国大統領 |
| アーニー・ヴァン・ダム………… | 大統領首席補佐官 |
| スコット・アドラー……………… | 国務長官 |
| ロバート・バージェス…………… | 国防長官 |
| メアリ・パット・フォーリ……… | 国家情報長官 |
| ジェイ・キャンフィールド……… | ＣＩＡ長官 |
| マイク・ピータース……………… | 国家地球空間情報局・東アジア部長 |
| アネット・ブローリー…………… | 〃　画像分析官 |
| ウェイン・シャープス…………… | ＳＧＩＰ社長。元ＦＢＩ捜査官 |
| ヴェロニカ・マルテル…………… | ＳＧＩＰ社員。元フランス諜報員 |
| コリン・ヘイゼルトン…………… | 〃　元ＣＩＡ工作員 |
| ヘレン・パワーズ………………… | オーストラリア人地質学者。博士 |
| オスカル・ロブラス・デ・モタ…… | メキシコの大富豪 |
| 崔智勲（チェ・ジフン）………… | 朝鮮民主主義人民共和国第一書記 |
| 李泰鎮（リ・テジン）…………… | 北朝鮮対外諜報機関・偵察総局長 |
| 黄珉鎬（ファン・ミンホ）……… | 朝鮮天然資源商事社長 |

# プロローグ

ジョン・クラークにとっては、だれが何と言おうと、ここはまだサイゴンのままだった。

もちろん、歴史を知らないわけではない。四〇年ほど前、共産主義者どもが北からやってきて、この地を占領した。そして、戦争に勝った自分たちの指導者に敬意を表して、ホーチミン市と改名した。よく言われるように「戦利品は勝利者のもの」なのだ。やつらは敵に協力していた者たちを処刑し、信頼できない人々を投獄し、政治を、文化を、住民の生活構造を、変えてしまった。

だから、いまでは昔とすこしはちがって見える。だが、ジョンにとっては、この街の感触は昔のままだった。夜になっても引かないうんざりする暑さ、市街地のそばまで迫るジャングルの臭《にお》いに排気の臭いが混ざって醸《かも》し出される独特の臭気、香《こう》、煙草《たばこ》の煙、香辛料で味付けされた肉の臭い、息苦しくなるほど群れる人々がつくりだす喧《けん》騒《そう》、エネルギーあふれる街の毒々しい明かり。

それに、そう、どこにいても感じとれる危険の気配。それは目には見えないが、確実に迫りくるように思える。まるで侵攻してくる軍隊だ。

この都市《まち》におれの不倶戴天《ふぐたいてん》の敵の名を付けたいというのなら、それも結構、どうぞ好きなように呼べばいい。だが、そんなことをしても何も変わらんぞ。ホーチミン市の八区にある店先が開け放たれたカフェの椅子《いす》に座っていた六六歳のアメリカ人はそう思った。

ここはな、いまでもくそ《ファッキング》サイゴンなんだ。

ジョン・クラークは脚を組んで座っていた。シャツの襟《えり》はひらかれ、黄褐色の薄手のトロピックウェイト・スポーツコートはそばの椅子の上にだらりと横たわっている。頭上で気だるそうにゆっくりと回転する、椰子《やし》の葉の羽根がついた天井扇が、暑気を搔《か》きまわすくらいのことしかできないからだ。まわりでは、彼よりは若い男や女が元気よく動きまわり、奥のテーブルに向かったり人通りの多い舗道へ出ていったりしているが、クラークは椅子に座ったまま石像のように微動だにしない。

いや、目だけは例外。目はあちこち動いて通りを観察していた。

クラークはまず、軍服姿のアメリカ人がひとりもいないことに驚きにも似た違和感をおぼえた。それは自分の記憶のなかにある旧サイゴンと大きくちがっている点のひとつだ。四〇年以上前、クラークも濃黄緑色《オリーヴ・ドラブ》の軍服やジャングル迷彩服を身につけてこの街を歩いていたのである。四軍合同特殊作戦部隊であるMACV－SOG（南ヴェトナム軍事援助司令部・調査観察グループ）に所属してヴェトナムで活動していたときでさえ、クラークは平服を着ることはめったになかった。彼は当時、海軍SEALs《ネイヴィー・シールズ》隊員だったのであり、ヴェトナムでは戦争がつづいていたのだ。たとえCIA《エージェンシー》の直接行動作戦に参加している者であっても、アメリカ人にはやはり戦闘服こそふさわしかった。

消え失《う》せたものといえば、自転車もそうだ。ヴェトナム戦争当時は、通りを走る乗り物の九〇％は自転車であったはずだ。もちろん、いまでも自転車は走っているが、その数はぐんと少なくなり、現在通りを埋め尽くすのはスクーター、オートバイ、小型車ばかりである。むろん、歩道には通行人があふれている。

そして、軍服を着ている者など、このあたりにはひとりもいない。

クラークのビストロ・テーブルの上にはお祈り用《ヴォーティヴ》キャンドルが灯《とも》されていて、その揺らめく火の明かりのなかに緑茶が浮かびあがっている。彼はそれを口に運び、ひとくち飲んだ。緑茶が好きなわけではない。この店にはビールも、ワインさえ、ないのだ。だが、ここからなら、フイン・ティ・フーン通りを挟んでちょうど向かいにある大きな植民地時代風《コロニアル・スタイル》フランス料理店『黄金の獅子《リオン・ドール》』をしっかり見ることができる。クラークは通行人から目をそらし、街を歩く者たちの四人に一人がアメリカ軍兵士だった時代のことを考えるのをやめ、ふたたび『リオン・ドール』のほうにチラッと視線を投げた。過去から自分を引きもどすのは難しいことではあったが、なんとかヴェトナム戦争の日々を脳裏から追い出した。自分が座っているところから二五ヤードしか離れていないフランス料理店のすみのテーブルについて独りで飲んでいる男を監視する、というのが今夜の任務だったからだ。

監視対象は、クラークよりも二、三歳若い、頭の禿《は》げあがった、がっしりした体軀《たいく》のアメリカ人だった。今宵この男は何やら問題を抱えているにちがいない、とクラークは思っていた。なにせ、顎《あご》が怒りで強張《こわば》っている。身のこなしも硬く乱暴で、いまにも怒りを爆発させそうに見える。

クラークはその男の怒りを自分のことのように感じとることができた。なにやら自分もひどく不快な気分になってしまっていた。

さらにもうすこし監視対象を観察してから、クラークは腕時計に目をやり、左手のなかの小型ワイヤレス・コントローラーのボタンを押した。そして、そばにだれもいないのに言った——小声でではあったが。「一時間、経過。どんなやつが相手なのかは知らんが、だれかさんが同席することになっているようで、待たされている」

ジョン・クラークがいる店の三階上——植民地時代風《コロニアル・スタイル》複合オフィス用建物の屋根——には、うつ伏せになって眼下の通りを観察する三人の男がいた。みな、目立たない色合いの服を身につけ、黒いバックパックを背負っている。三人とも、イヤホン型ヘッドセットでクラークと交信できるようになっていて、彼からの連絡を聞くことができた。

三人の真ん中に位置するドミンゴ・〝ディング〟・シャベスが、ニコンのファインダーの中央にレストランの男をとらえ、ピントを合わせた。それから送信用のプッシュ・トゥー・トーク（PTT）ボタンを押してクラークにささやき返した。「たしかにゴキゲンというわけではないですね。いまにも拳《こぶし》で壁をぶち抜きそうに見えます」

クラークが一階の店から返した。「このままずっと、こんな暑い場所に座って、こんなまずい茶をすすっていなけりゃならんというのなら、おれだって同じことをしかねんぞ」

シャベスは居心地悪そうに咳払《せきばら》いをした。「えー、こちらはまだましですよ。こっちのひとりが下に下りて地上からの監視を交代し、そちらは屋根にのぼる、というのでもいいですけど？」

即座に答えが返ってきた。「いや《ネガティヴ》。そのまま動くな」

「了解です《ラジャー・ザット》」

サム・ドリスコルが笑いを洩《も》らした。彼はシャベスの左、わずか二、三フィートのところにいて、レストランの北側を監視するための地上観察用望遠鏡《スポッティング・スコープ》を目にあて、トラブルとなる兆候がないか道路上を調べていた。ＰＴＴボタンを押さずに、右にいる仲間の二人だけに言った。「イラついてるね」

シャベスの右、数ヤードのところにはジャック・ライアン・ジュニアがいて、カメラのファインダーをのぞきこみ、監視対象の南側の歩道上を歩く人々を観察していた。彼はタクシーから降りる脚のスラリとした金髪女に注意を集中した。その女から目を離さずに言った。「ジョン、どうしたんでしょうね？　いつもは、われわれのなかではいちばん愚痴らない人なのに。今日はずっとこんな調子です」

この屋根の上にいるのは三人のアメリカ人だけだったが、シャベスは大人になってからこういうことばかりしてきたので、注意してしゃべらないと声が背後の金属製空調用ダクトのなかを伝わっていくことを知っていた。だから図書館にいるかのようにひそひそ応《こた》えた。「ミスターＣはかつてこの国でいろんな体験をしたんでね。そういうこと。記憶がよみがえったんだろうな、たぶん」

「なるほど」ジャック・ジュニアは応えた。「ヴェトナム戦争当時のことがありありと思い出されるということですね」

シャベスは暗闇《くらやみ》のなかでにやっと笑った。「それだけじゃない。たしかにジョンはいま下のカフェで、当時目撃した凄惨《せいさん》な殺し合いのことを思い出しているはずだ。自分がやったクソ軍事活動のこともね。だが、同時に、当時二五歳の精力絶倫ＳＥＡＬｓ《シールズ》隊員としてこの国を走りまわっていたことも思い出している。で、いまの自分の老《お》い耄《ぼ》れぶりに驚愕《きょうがく》し、がっくりきているのではないかな。人生でいちばん活力に満ちた威勢のいいあのころに戻れたらなあという思いにも駆られているのさ。戦争とは無関係にね」

ジャック・ジュニアは言った。「あの年にしては、まだまだしっかりしていますよ。われわれはみな、とてもああはいかないでしょう」

ドリスコルはアスファルトの二段勾配屋根《マンサード》に腹ばいになったまま、もうすこし楽な姿勢をとろうと体を動かしたが、目はスポッティング・スコープから離さず、いまやレンズの真ん中にレストランのテーブル席に座る男を捉《とら》えていた。「ジョンの言うとおりだ。どうやら、待ち人来《きた》らず、のようだな。やたらにがんがん飲んでいるあの男を一〇倍スコープでながめているだけなんて、こちらもそろそろうんざりしてきた」

サム・ドリスコルが監視対象をじっと見つめているあいだ、ジャック・ジュニアは金髪女の動きを追っていた。彼女は歩行者の群れを掻き分けるようにしてフイン・ティ・フーン通りを北へ向かっていく。ジャック・ジュニアがカメラで追う女は『リオン・ドール』のフロントドアに達した。「いいニュースです。これで今夜もやっと面白くなります」

シャベスがジャックの視線の先に目をやった。「ほんとうか？　どうして？」

ジャックが目で追っていた女は、急に体の向きを変えて歩道からスッとレストランのなかに入り、まっすぐ監視対象のテーブルへと向かっていく。「待ち人、到着。しかも女でセクシー」

シャベスもいまや双眼鏡で女を捉えていた。「たしかに、あのおデブちゃんがジンをがぶがぶ飲むのを見ているよりは、こちらのほうがいいね」そう言って、ふたたび

PTTボタンを押した。「ジョン、ついに——」

シャベスの言葉がさえぎられ、雑音混じりのクラークの声が聞こえた。クラークが身に着けている無線機は指揮官用のもので、交信ネットワーク上の他の装置よりも優位にあり、ほかの者たちの送信を遮断して自分の命令を送ることができる。「女なら、おれも見てる。だが、盗聴器をひとつも仕掛けてないんじゃ、どうしようもないだろうが」

屋根の上の男たちはみな苦笑した。なんてこった、今夜のジョンはぶつぶつ不平ばかりこぼしている。

1

女が椅子に腰を下ろしたとき、コリン・ヘイゼルトンは携帯電話で時間をチェックするふりをした。女は一時間も遅れてきたのだ。まあ、やんわりとではあるにせよ、彼はいちおう不快感をあらわにしておきたかったのである。

女はスカートの裾《すそ》をととのえて脚を組んでから、ようやく顔をあげ、ヘイゼルトンを見つめた。携帯電話も目に入ったようで、彼がその画面をのぞきこんでいることにも気づいたようだった。女は目の前の汗をかいたグラスをとりあげ、水をひとくち飲んだ。

ヘイゼルトンは携帯をポケットへと滑り落として戻すと、グラスのなかのジントニックを半分ほどごくごく飲んだ。えらく色っぽい女だぞと言われていたが、まさにそのとおり、誇張でも何でもなかったな、とヘイゼルトンは認めざるをえなかった。実は管理官《コントロール》から今夜接触する連絡員《コンタクト》について聞かされていたのは、それくらいのことだけだった。顔立ちも肢体も優美に均整がとれた金髪女。そして洗練と落ち着きを発散する粋《いき》な物腰。それでもヘイゼルトンは、内心えらく腹を立てていたので、女の魅力に心を奪われることはなかった。ただ、腹を立てていたと言っても、彼女のみにではなく、自分がいま置かれている状況全体にむかついていたのである。ともかくそういうわけで、今夜はこんな魅力的な連絡員にも色目を使う気には到底なれなかった。

そのうえ、くそ忌《い》まいましいことに一時間も待たされたということで、彼女のゴージャスな輝きはさらに色褪《いろあ》せてしまっていた。

まだどちらも口をひらかないうちにウエイターがあらわれた。ここはそういうところなのだ。フイン・ティ・フーン通りのこのあたりに群れる怪しげな酒場や喫茶店とはちがう。

女は完璧《かんぺき》なフランス語で白ワインをグラスで注文した。それだけでフランス語が母国語だとヘイゼルトンにはわかったが、それもまた管理官からすでに聞かされていたことだった。管理官は興奮気味に女のアーモンド形の目としなやかな肢体について語ったついでに、そのことにも触れたのだ。

この女はかつてフランスの情報機関に所属していたにちがいない、とヘイゼルトンは思った。ＤＧＳＥ（対外治安総局）かＤＣＲＩ（対内情報中央局）の局員だったのではないか。ＤＣＲＩは二〇〇八年に改組・改名された組織だから、その前身であるＤ

ST（国土監視局）の局員だった可能性もある。いずれにせよ、ヘイゼルトンがこの仕事で会ってきた者たちのほぼ全員が元情報機関員だったのであり、この女もそうなのだと考えても勝手な推測とは言えない。

女は自己紹介しなかった。それにはヘイゼルトンも驚かなかったが、遅れて申し訳ない、くらいのことは女が言うと思っていた。ところが、そういうこともまったく口にしなかった。それどころか、いきなり英語でこう切り出した。「書類、持ってきた？」

ヘイゼルトンはその問いには直接答えなかった。「あんた、この作戦の状況についてどこまで知っているんだね？」

「状況？」

「依頼主だ。依頼主については教えてもらったのか？」

女はちょっと戸惑いの表情を浮かべた。「そんなの、教えてもらう必要ないじゃない。依頼主の素性なんて、今回のわたしの任務遂行には不要だわ」

「では、わたしが教えてやろう。依頼主は――」

女はほっそりした手を上げて制した。爪《つめ》には非の打ちどころのないマニキュア塗装がほどこされ、肌はローションで艶々《つやつや》していた。「状況説明時に教えてもらえなかったのだから、わたしが知ってはいけないこと、と解釈しているわ」女は目でヘイゼルトンをチェックした。「あなたはこの種の仕事が初めてのようには見えないから、わかるはずだと思うけど」フランス訛《なま》りが強かったが、完璧な英語だった。

ヘイゼルトンはジントニックの残りを喉《のど》に流しこんだ。「知っておくのがベスト、というときもある」

「あなたがそう考えるのは勝手だけど、わたしはそうは思わない」女は表情をきつくしてきっぱりと言い切った。早く仕事を片づけたかった。「で……持ってきたの、持ってきていないの?」

ヘイゼルトンはゆっくり穏やかな口調で言葉を返そうとしたが、一日中飲んでいた酒のせいで呂律《ろれつ》が少々まわらなくなっていたので、一語いちご強く発音した。今日はこのレストランに来る前に宿泊先のホテルのロビー・バーでも飲んでいたのだ。「北、、、……くそ……朝鮮」

フランス女は何の反応も示さなかった。

ヘイゼルトンは言った。「知ってい、、、たんだな?」

女はその問いには答えず、こう返した。「あなたって、ずいぶん感情に流されやすい人なのね。びっくりだわ。慌《あわ》ただしい急ぎの任務だったことはわかっている。だれかさんが病気になり、代役を立てる必要が生じて、あなたが呼ばれた。でも、本社《ニューヨーク》も、感情的な人を移動連絡員として投入するなんて、どうしちゃったのかしら、信じられない」

テーブルの下で女のハイヒールの爪先《つまさき》が自分の脚にふれるのをヘイゼルトンは感じた。それは足首のすぐそばをスッと撫《な》でるように動いた。こういうことをされて興奮した時代もあった。だが、それはもうずいぶん昔のことだ。それに、女のこの足の動きは〃仕事のうち〃なのである。女はこっちがブリーフケースを持ってきているかどうか知ろうと足で探っているだけなのだと、ヘイゼルトンにはわかっていた。と、すぐに、脚のそばに置いていたブリーフケースにハイヒールの爪先があたる音が聞こえた。

女は言った。「それをこちらにそっと滑らせてくださらない」

大柄なアメリカ人は座ったままで、ブリーフケースを動かそうとしなかった。ただ、指でテーブルを小刻みにたたいている。どうしようか考えているのだ。

女は不満の表情を浮かべるにちがいないとヘイゼルトンは思っていたが、彼女はぐずぐずしているアメリカ人を見ても妙に落ち着きはらっていた。数秒後、まったく同じ口調で繰り返した。「それをこちらにそっと滑らせてくださらない」

今夜、自分がどうするのかは、まだヘイゼルトンにもわかっていなかった。結局、物《ぶつ》を渡してしまうのか？ それとも、それを裁断し、魚の餌《えさ》みたいに川に捨ててしまうのか？ 今日は日がな一日、どちらにしても問題があるなと、ずっと思い悩んで過ごしてしまった。だが、いまや、心がいやに冷静になって、知らぬ間にこう言っていた。「いいかい、おれはな、頭のいかれた人殺しどもの使い走りをするとわかっていて、この仕事を受けたわけではないんだ」ちょっと間をおいてから言葉を継いだ。「仕事ならほかにもあるだろう。ここまで身を落とさなくてもいいはずだ」

「何それ。さっぱりわからない」女は言いながら、何気ない素振りで通りにチラッと視線を投げた。

うんざりしたときの仕種《しぐさ》のようにも見えたが、ヘイゼルトンにはわかっていた――女はただ、ほかに監視している者がいないか警戒し、通りに目をやっているだけなのだ。

ヘイゼルトンは怒りをあらわにして腕を勢いよく振り上げて見せた。「こんなの冗談じゃない。おれは抜けた」

女のほうは対照的に感情をまったく表に出さない。「抜けた？」

「おれはあんたに書類を渡さない」

女はここでようやく小さな溜息《ためいき》をついた。「報酬が不満なの？　それなら本社《ニューヨーク》に言えばいいじゃない。わたしにはそんな権限はまったく――」

「金の問題じゃない。善悪の問題だ。あんたは、そんなこと、どうでもいいようだな？」

「わたしの仕事は善とも悪とも無関係」

ヘイゼルトンはあざけりの表情を剝《む》き出しにして女をじっと見つめた。心はすでに決まっていた。「せいぜいそう自分に言い聞かせるんだな、そうする必要があるのなら。だが、この書類はあんたには渡さん」彼は女にも音が聞こえるようにブリーフケースをしっかり蹴《け》った。

女はうなずいた。なおもいたって平静な顔つき。その超然としたところがヘイゼルトンにはどうも解《げ》せない。女はわめき叫ぶにちがいないと彼は思っていたのだ。

女は言った。「面倒なことになるわよ。ニューヨークが怒るわ」

「ニューヨークなんて、くそくらえだ」

「あなたの〝道徳聖戦《モラル・クルセード》〟にわたしも引きずりこめるなんて思わないでよ」

「お嬢《ドール》さん、あんたが何をしようと、おれは痛くも痒《かゆ》くもない、へっちゃらだ」

「では、わたしがここから出ていって電話を一本かけても、へっちゃらというわけね」

ヘイゼルトンはすぐには応えなかった。顔には仕事のストレスと旅の疲れがあらわになっている。「そうさ、電話しろ」

「あの人、だれかを送りこんで、そのブリーフケースを回収するわ」

ヘイゼルトンはやっと笑みを浮かべた。「彼はそうしようとするかもな。しかしだ、あんたも言ったように、おれはこの種の仕事が初めてというわけではないんでね。そうやすやすとはやられない技をいくつか身につけている」

「そのとおりであることを願っているわ。あなたのためにね」フランス女は立ち上がり、クルリと背を向けると、銀色のトレーにワインを載せて微笑《ほほえ》みながらテーブルに近づいてきたウエイターを無視して歩き去った。

この一部始終を、ジャック・ライアン・ジュニアは通りの向かいの建物の屋根からカメラを通してながめていた。むろん、会話を聞くことはできなかったが、二人の表情や身振りの意味なら正しく捉えていた。

「これが初対面《ブラインド》デートなら、馬が合ったとは思えませんね」

ドミンゴ・〝ディング〟・シャベスもサム・ドリスコルも笑いを洩らしたが、だれもが監視という任務をそのまま続行していた。三人はヘイゼルトンと女から目を離さない。長身のフランス女はレストランの外に出ると、ハンドバッグから携帯電話をとりだし、話しだした。そして北のほうへ歩きはじめた。

ドリスコルがコントローラーのプッシュ・トゥー・トーク（PTT）ボタンを押して〝隊長〟を呼び出した。「クラーク。三人ともヘイゼルトンに張りついたままでいいですか？　それとも、だれかが女を尾《つ》けたほうがいいですか？」

クラークはすぐに答えた。「あのブリーフケースに何が入っているかは知らんが、女は明らかにそれを欲しがっていた。だから、いまやブリーフケースも重要な監視対象になった。とはいえ……女についても知りたい。ひとりがあのブロンドを尾《つ》けろ。ほかの者は動かず、ブリーフケースから目を離すな」

ジャック・ジュニアとドリスコルが、のぞきこんでいた光学機器から目を剝《は》がし、屋根の上の二人のあいだに位置していたシャベスに視線を投げた。

シャベスは言った。「おれは残る。二人で決めろ」

ジャックはドリスコルを見やった。ドリスコルは目を地上観察用望遠鏡《スポッティング・スコープ》のアイピースにもどし、ふたたび監視対象を見つめはじめた。「行け」

ジャックは満面に笑みを浮かべた。屋根をパッと明るく照らすかのような笑みだった。「すみません、サム、ありがとう」

ジャックは立ち上がり、数秒後には非常階段へ向かって移動しはじめていた。暗闇に包まれた屋根の上を歩きながらカメラをバックパックのなかにおさめる。

ドリスコルとシャベスはコリン・ヘイゼルトンの監視をつづけた。ヘイゼルトンはジントニックの残りを飲み干すと、手を振ってウエイターを呼び、お代わりを注文した。

「なんでぐずぐずしているんだろう？　もうひとつ別のくそデートがある？」ドリスコルが〝あるわけない〟という意味をこめて言った。

下のカフェにいるクラークも同じことを考えていた。苛立《いらだ》ちと不満をさらけ出して、がらがら声で言った。「四杯目のg＆t《ジントニック》にも付き合わんといけないようだな」

その四杯目が運ばれてきた。ヘイゼルトンはウエイターがそれを目の前のテーブルに置くのを黙って見ていた。が、何やらウエイターに言った。通りの向かいから彼を監視していた三人のアメリカ人はみな、トイレの場所を訊《き》いたのだろうと思った。ウエイターが店の奥を指さしたからだ。ヘイゼルトンは立ち上がると、飲みものも上着もブリーフケースもおいて、店の奥へと歩いていった。

三人とも沈黙し、ほんの短いあいだだったがヘッドセットからだれの声も飛び出さなかった。最初に声をあげたのはシャベスだった。「ジョン、変な感じしません？」

ジョン・クラークは〝副隊長〟が何を言いたいのかわかったが、自分の考えを披露する代わりに、こう言ってドリスコルの観察力を試した。「サム、きみはどう見る？」

ドリスコルはスポッティング・スコープのピントを合わせ、無人のテーブルを観察した。ヘイゼルトンが座っていた椅子の背には上着がかけられたままだし、もうひとつの椅子の上にはブリーフケースが置かれたままになっている。レストランの他のテーブルも見てみた。裕福そうな客たちが座っている。店内を歩いている客もいる。すぐにまたブリーフケースに目をもどした。「ブリーフケースの中身が、あの女連絡員《コンタクト》に渡せないほど重要なものだとしたら、なんでまた、テーブルに置いたままにして小便をしにいったりしたんでしょうね？」

クラークは応えた。「ありえない」

「では、ブリーフケースは囮《おとり》」

「そのとおり」

「ということは……」ドリスコルも一秒後にはすっかり理解できていた。「ヘイゼルトンはもどってこない。表は見張られていると思ったので、裏口からこっそりずらかるつもりなんだ」

〝ディング〟・シャベスもその判断を支持した。「昔ながらの無銭飲食法」

クラークは言った。「当たり《ビンゴ》。おれはレストラン内を抜けて裏へ出る。南北に走る路地だ。だが、あいつのホテルはおれたちの後ろ側にある。きみたちはそこで監視をつづけ、路地の北と南の出口を見張っていてくれ。あいつにテレポート能力がなければ、また姿を捉えられる」

ジョン・クラークはカフェのテーブルにドン紙幣を何枚か折ったままポンとおき、胃をむかつかせただけの飲みものの代金を支払うと、上着をひっつかみ、通りの向こう側の『黄金の獅子《リオン・ドール》』へ向かった。

だが、縁石から車道に下りた瞬間、気になるものを目にして急に足をとめた。歩道にもどり、あらゆる方向に目をやった。

そして送信用のボタンを押して小声で言った。「ライアン、とまれ」

ジャック・ライアン・ジュニアはダオ・カム・モ通りを歩行中だったが、クラークの命令で移動を中止し、「とまった」と応えた。そして、閉まっている電子機器ショップのショーウインドーのほうを向いてウインドー・ショッピングをしているふりをした。

「現在位置は？」クラークは訊いた。

ジャックはスマートフォンの画面上に浮かぶ近隣地区のマップに目を落とした。そこには色のついた小さな点が四つ浮き上がっている。監視チームの四人のそれぞれの位置——より正確に言うと、各人が背中のくぼみのベルト通しの下につけているGPS位置情報発信装置の位置——を示す点だ。クラークの位置を示すグリーンの点は、自分の点の二ブロック南東のところにある。まだ、店先が開け放たれたカフェのなか。

ジャックは言った。「こちらはそちらの位置《ポズ》の二ブロック北西」

クラークはイヤホン型ヘッドセットを通して説明した。「通りの両方向からオートバイに乗って近づいてくる正体不明の男たちが四人いる。チームを組んでいるようだ」

その一瞬後、まだ屋根にいてカメラをのぞいていたシャベスが交信に割りこんだ。

「黒のドゥカティ？」

クラークは答えた。「そう、それだ。一人ずつ別方向から近づいてきた。服装もまちまち。だが、同じオートバイに乗っているようだし、かぶっているヘルメットも同じようだ。こいつは偶然じゃない」

ようやくシャベスも下の車道を走るオートバイを四台とも捉えた。四台すべてを確認するのに数秒かかったのは、オートバイがかなり広い範囲に広がっていたからだ。

「いい目をしていますね、ジョン」

「ここは馴染《なじ》みの街なんだよ。この街で妙なことが起こりそうになっていると、すぐにわかる。ジャック、現在位置から北へ移動しつづけろ。監視対象が『黄金の獅子《リオン・ドール》』の裏の路地をまっすぐ通り抜けるとすると、ファム・テー・ヒアン通りに突き当たったときには、きみのほうが前に出ることができる。むろん、先回りするには〝駆け足〟が必要になる。バイク野郎に気をつけろ。監視対象に目を光らせているところをやつらに見られるな」

ジャックはまだショーウインドーのなかの棚に並べられた高性能カメラをながめているふりをしていた。今回の旅で初めて胸の高鳴りをおぼえた。退屈な夜が突如としてざわめき、張り詰めだした。

ジャックはゆっくりと走りはじめた。「了解、移動開始」バイク野郎には近づかないようにし、ヘイゼルトンよりも前に路地の出口に達します」

クラークはほかの二人にも声をかけた。「サム、ディング、ライアンに追いつけ。急げ」

「すでに動きはじめている」シャベスは返した。「一分で屋根から下りる。だから、ジャック、きみとの差は三分ということになる。おれたちが追いつくまで何もするな」

コリン・ヘイゼルトンはレストランの裏口から路地に出ると、両手をポケットに突っ込んで真北へ向かって歩きはじめた。

いま下したばかりの決断によって自分が大きな損害をこうむることは彼にもよくわかっていた。なにしろ、この四日間の仕事の報酬をもらえなくなるだけでなく、任務遂行拒否によって職そのものも失うことになるのだ。さらに、三〇〇ドルのスポーツコートと四〇〇ドルのブリーフケースを置いてきてしまったのだから、その損失もある。

年齢的にそろそろ就労も難しくなるうえに、六万ドルの借金もかかえ、身を助ける技能といえばいまやスパイ技術くらいしかない初老の男にとって、こうしたことすべてが悪いニュースだった。

にもかかわらず、今日初めて、ヘイゼルトンは安堵《あんど》し、気持ちが安らぐのを感じた。たしかに高価なものをレストランに置いてきてしまったが、五〇ドルの飲み代《しろ》は踏み倒せたのだから、損害を少しは減らすことはできたわけだ、とさえ思った。

ヘイゼルトンは顔をかすかにゆがめ、なんとかにやっと笑った。

だが、心の平安はたちまち消えてしまった。彼はこういう決定を下さざるをえなくなった——この薄暗い路地へと出てこざるをえなくなった——経緯について考えた。気分はまわりの薄暗がりなみに暗くなった。

シャープス・グローバル・インテリジェンス・パートナーズ（ＳＧＩＰ）社長のウエイン・〝デューク〟・シャープスがアッパー・ウエスト・サイド・マンハッタンのオフィスでコリン・ヘイゼルトンに面接し、企業諜報活動《インテリジェンス》の仕事について説明してから、もう一年が経過していた。そのときシャープスは元ＣＩＡ局員にこう明言した——ＳＧＩＰでの仕事は安全で地味なものであり、政治がからむということもまったくないが、もはやアメリカのためではなく、給与のために働いているのだという事実を受け入れてもらう必要がある。

これにはヘイゼルトンも反発し、自分は愛国心に反するようなことは絶対にしないと、きっぱりと言い返した。するとシャープスはこう応えた。「われわれはアメリカの国益に反することはしない」彼はヘイゼルトンの心配を笑い飛ばした。「ここＳＧＩＰの社員は悪魔じゃない。天使ではないというだけだ」

それならコリン・ヘイゼルトンにとっても問題なかった。彼は空軍パイロットから諜報《ちょうほう》機関員に転身した元ＣＩＡマンだった。だからかつてはたしかに愛国心に燃えて祖国のために血の出るような努力を重ねてきたのだが、時代が変わって彼の行動も変わらざるをえなくなった。新興国市場、とりわけ北アフリカ諸国の市場で、投機的な国際投資をいくつか連続しておこなう、というようなこともやるようになった。ところが、いわゆる〈アラブの春〉がはじまり、思いがけない出来事が次々に起こって、そうした投資がすべてパーになってしまった。

ヘイゼルトンは何か仕事をして稼がねばならなくなった。だからＳＧＩＰで働くことにしたのだ。

そして、「仕事の内容は政治に無関係な企業インテリジェンス」というシャープスの言葉はほんとうだった。この一年間、与えられた任務やクライアントについてヘイゼルトンが躊躇《ちゅうちょ》するということは一度もなかった。

つまり、今週までは。

月曜日、ヘイゼルトンは社長に指示されて急遽《きゅうきょ》プラハに飛んだ。そこでチェコの役人に会って、五人分のパスポート類を受け取るためだった。この種の仕事にスリルを感じてわくわくするようなことはない。ＣＩＡの作戦要員だった当時、何百人ものスパイや工作員を偽名で世界中に旅させる段取りをつけた経験があるからだ。今回はSGIPの仕事ではあったが、特別のこととも思えなかった。正規の就労ヴィザを取得できない高度な技術を有する外国人専門家をアメリカに入れる工作に係わったこともある。それでも自分は良いことをしているのだと思った。アメリカそのものではなくアメリカの官僚支配を突き崩す行為だったからである。

これまではふつう、書類を改めるというのも仕事のうちだった。だが今回はちがった。なぜか、プラハで手渡されたパスポート類はラミネート・フィルムの袋のなかに封印されていて、見ることができなくなっていた。そのパッケージをただホーチミン市の連絡員《コンタクト》にとどけ、ニューヨークにもどる、というのがヘイゼルトンに与えられた任務だった。

五セットのパスポート類は五人のチェコ人専門家のためのものなのだろう、と彼は思った。彼らはヴェトナム経由で他の国へ向かうにちがいない。プラハからアメリカを経由してどこかへ向かうというのは、いささか妙だから、ということなのだ。五人の旅人が働きにいくのは、日本かシンガポール、いやオーストラリアの可能性もあるな、とヘイゼルトンは推測した。

いずれにせよ、旅行に必要な書類を見ることを許されなかったというのは変ではあったが、彼は気にしなかった。

しかし、それも昨夜までのこと。昨夜、プラハからの機中、あと一時間半でホーチミン市に到着というときに、がっしりした体軀のアメリカ人はジントニックを一杯飲み干してから、キャリーバッグとブリーフケースの中身をガタガタしないように整理しはじめた。パスポート類が詰めこまれたラミネート・フィルムの袋は、機内に持ち込んだキャリーバッグの裏張りの下に隠しておいたのだが、上着を入れるスペースをつくろうと靴を動かしたさい、ヘイゼルトンはその裏張りに小さな裂け目があることに気づき、ぞっとした。それは八〇年代後半から使っているキャリーバッグで、秘密の隠しコンパートメントの存在がついにあらわになってしまったのだ。彼は裂け目をふさごうとしたが、それでかえって目立つようになってしまった。それは新米スパイがやるようなミスだった。ヘイゼルトンは新米ではなかったが、酒を飲んでいたうえに、例の「うまく行かなくなりうるものは何でもうまく行かなくなる」というマーフィーの法則も手伝って、窮地に追いこまれてしまったのである。

ヘイゼルトンはファーストクラスのシートに身をあずけたまま、ヴェトナムの空港での入国審査のことを考え、冷や汗をかきはじめた。キャリーバッグがすこしでも調べられれば、隠しておいたものは確実に見つけられてしまう。しかし、彼は素早く頭を回転させて記憶をまさぐり、ヴェトナム入国のさいに自分の持ち物が調べられたことなど、これまでに一度もなかったことを思い出した。だから、パスポート類を隠しコンパートメントからとりだして、腰に巻いたマネー・ベルトのなかに仕舞いこみさえすれば、問題ないのではないか、と判断した。

だが、そうするには、まずはそのパスポート類を大きな四角いラミネートのパッケージからとりだす必要がある。

ヘイゼルトンはパスポート類の入ったパッケージを持ってトイレに閉じこもり、便座に座って歯でラミネート・フィルムを切り裂いた。なかにビニール袋が五つ入っていて、それぞれにパスポート一通、免許証一通、クレジットカード数枚、折り畳まれた文書一通が収まっていた。見てはいけないものなのだと、ほぼ確信していたが、ヘイゼルトンはパスポートのページを親指でパラパラ繰りはじめてしまった。

客室乗務員がトイレのドアをノックして、「まもなく大気が不安定なところへ入ると機長から連絡がありましたので、お席へお戻りください」と言った。

だが、ヘイゼルトンは旅行用の書類を食い入るように見つめていて、彼女の言葉を無視した。パスポートが黒色の外交官用のものだとわかっても驚きはしなかった。みな偽造ではなく本物だったが、何らかの手直しが施されているようではあった。彼は五人の写真を一枚ずつ見ていった。白人の男性四人に女性ひとり。写真を見ただけではチェコ人なのかどうかはわからなかったが、彼らの出身地は問題ではなかった。

問題なのは彼らの行き先だった。それぞれのビニール袋に入っていた文書は、チェコ政府が各人に交付した渡航許可書——同名義のパスポートを持つ外交官が北朝鮮へ渡航して同国内のチェコ領事館で働くことを許可する文書——だった。

《北朝鮮？》へイゼルトンがこの一年間にやってきたのは、シーメンス、マイクロソフト、ランドローバー、マースクといった企業のための情報収集分析に関連する仕事だった。

《いまおれは世界で最も残忍で抑圧的な体制のために働いているというわけなのか？》

飛行機が乱気流に突入して、肩がトイレの左右の壁に激しくぶつかりだしたが、ヘイゼルトンは気にもせず、便座に座ったまま考えつづけていた。この五人は北朝鮮に秘密裏に送りこまれる原子核科学者にちがいない。ほかに考えられることなどありはしない。以前にもＤＰＲＫ（朝鮮民主主義人民共和国）が核兵器専門家を連れてこようとしたことが発覚しているのだ。あの国には鉱業のほかに、これといった産業などないのだし、その鉱業にしても運営は中国のビジネス・パートナーたちにほぼ独占されている。むろん、この五人が原子核科学者であるという動かぬ証拠があるわけではない。だが、こいつらが中国人の鉱山労働者ではないということだけは確かだ。

それに、シャープスが北朝鮮と対決する作戦を展開しているというのも考えられない。〝デューク〟・シャープスは崇高な目的のために独裁体制と戦う仕事に手を染めるような男ではない。あいつは金のために働く男だ。北朝鮮に頭脳集団を送りこめば金になるのだから、今回の件はそういうことにちがいない。

ヘイゼルトンはなおも便座に座ったまま、目を閉じて身をうしろへそらせ、トイレの壁にもたれかかった。「くそ野郎」思わず声を洩らした。

〝デューク〟・シャープスが極悪人どもを〝隠者王国〟北朝鮮に送りこもうとしているという事実だけでもカンカンになってしまうのに、自分がそうする手伝いをしているというのだから、ヘイゼルトンは体がふるえるほどゾッとした。

ヘイゼルトンは五人分のパスポート類を体の中央部に巻きつけて空港の入国審査を通過した。その一時間後にホテルに着いたときには、乾いた汗が残していった塩気に全身がおおわれていた。午後はロビー・バーで酒を飲みながら、金や仕事のことを考えて過ごした。やはり金銭的な問題を解決する必要があった。だから、ホーチミン市で中間連絡員《カットアウト》にパスポート類を手渡すまさにそのとき、ちょうどうまい具合に酩酊《めいてい》に落ちこんで、自分は悪いことなんて何もしていないのだと思えるようにならないものかと、実現しそうもない願望を抱きつづけた。

そしていまヘイゼルトンは知っている……自分がタンカレーをホテルのロビー・バーで六杯、さらにあのレストランで三杯、飲んだことを。つまりジンを一パイント以上も飲んだことになる。だが、それでも、北朝鮮のために働くという罪悪感を洗い流せる状態には到底なれなかった。

案の定、今夜はレストランでも尻込《しりご》みし、ゴージャスな元スパイのフランス女にパスポート類を渡すのを拒んでしまった。あの中間連絡員の女は、受け取ったパスポート類を、この街のどこかに宿泊していると思われる五人の旅行者に手渡すことになっていたのだろう。ところが、それを受け取れなかったものだから、フランスの女《あま》は慌てて〝デューク〟・シャープスに言いつけたはずだ。こうして、六一歳になるコリン・ヘイゼルトンはいま、自分がへべれけに酔っぱらっていることを自覚しつつ、第三世界の路地をよろよろと進み、腰に巻きつけた大きなマネー・ベルトのなかの〝悪の書類〟を奪いにシャープスが送りこむ者たちをかわさなければならなくなってしまった。

彼は千鳥足で歩きながら、自分を監視する者がいないか目であたりを警戒しつづけたが、そういう者がやって来るまでに一、二日はかかるだろうという思いが頭の片隅にはあった。これからどうするかは、すでに決めていた。このまま路地を二ブロック歩いて、街をつらぬく数本の汽水運河のひとつ、ケン・ドイに達し、マネー・ベルトをそこらに転がっている煉瓦《れんが》に結びつけ、五人分の〝悪の書類〟を水底に沈めるつもりだった。そして、まっすぐ空港へ向かい、朝一番のアメリカ行きの便に乗り、「馘《くび》だ」と宣告する電話がかかってくるのを待つ。きっと〝デューク〟・シャープス自身が電話をかけてくる、とヘイゼルトンは確信していた。

そうなったら、飛行機を飛ばす仕事にもどって生計を立てるとしよう。六〇過ぎで、最近は飛行機を飛ばすなんてことはまったくなかったが、第三世界のおんぼろプロペラ貨物機を飛ばす仕事くらいなら、なんとか見つけることができるのではないか。借金を完済する前に死んでしまうだろうが、少なくともアジアのドクター・イーブル——オースティン・パワーズ・シリーズに登場するあのおバカな敵役さながらの独裁者——とその人殺し家来どもの運び屋にならずにすむ。

ヘイゼルトンは歩きつづけた。表通りには街の喧騒《けんそう》があふれていたが——なにしろ、ここはフランス植民地時代の建物がたくさんあってナイトライフでも活気づく八区なのだ――いまや運河近くに位置する商店街の裏の薄暗がりのなかを移動していた。どこかの食堂の従業員が生ごみを運んでそばを通りすぎ、高齢の女性がスクーターに乗って路地を通り抜けていった。

ヘイゼルトンが運河へ向かおうと右に折れたとき、囁《ささや》き声ほどの小さなエンジン音しか発しない真っ黒のドゥカティ・ディアベルが二台、アメリカ人がいま出てきたばかりの路地へ入っていった。ヘイゼルトンはそのエンジン音にも、オートバイにまたがる二人の男にも、気づかなかったし、行く手にさらにもう二台、同じ車種のオートバイがすでに位置につき、自分が罠《わな》にはまるのを待っているなんて知る由《よし》もなかった。

## 2

ジャック・ライアン・ジュニアはファム・テー・ヒアン通りにいて、ヘイゼルトンの位置からは東になる薄暗がりのなかを移動していた。前方の向かい側の路地からコリン・ヘイゼルトンがあらわれるのが見えた。ヘイゼルトンは左へまがってホテルへ戻るにちがいないとジャックは予測していたのに、そうならなかったので彼はびっくりしてしまった。白のボタンダウン・シャツにゆるめたネクタイという格好の初老のアメリカ人はファム・テー・ヒアン通りに入るや、ジャックがいるほうに向かって歩きはじめたのである。

《くそっ、まずいな》とジャックは思った。が、ともかく歩きつづけ、ヘイゼルトンと目を合わさず、足どりを変えないように注意もした。一瞬、見破られるかもしれないと思ったが、ヘイゼルトンはこちらを気にするようすをまったく見せなかった。

二人の距離が四〇ヤードまで縮まったところでヘイゼルトンが急に車道を渡りはじめたので、ジャックは驚いた。ヘイゼルトンは向かい側の細くて暗い路地に入っていった。その路地は、八区の北の境界となっている東西に延びる運河、ケン・ドイへまっすぐ向かっている。そして、そこには桟橋、ハウスボート、倒壊しそうなぼろアパートしかないということを、ジャックは知っていた。事前に地図を調べておいたので、この地区のことはだいたいわかっている。

なぜヘイゼルトンはホテルに戻ろうとしないのかと、ジャックは戸惑いはしたが、このまま二、三ブロック歩きつづけてから別の路地に入って監視対象と平行に移動するようにしようと思った。

ジャックは足を速め、チラッとスマートフォンの地図に目をやって位置関係を確認してから、プッシュ・トゥー・トーク（PTT）ボタンを押して仲間に連絡した。「こちら、ライアン。対象を視認。彼は北へ向かっている。現在位置、運河の二ブロック南。どこかにボートでも繋《つな》いでいるのなら話は別だが、このままでは一分後には行き止まりとなる。先まわりして、彼が何をするのか見てみます。これから平行に移動して――」

ジャックは突然、送信を中止した。すぐ前の路地から二台の黒いドゥカティ・オートバイが出てきて、通りを渡ったからである。先に渡ったヘイゼルトンまでわずか二〇〇フィート。ここはもう運河に近い静かな区域なのだから、あの二人のバイク男がこうしたゲームに熟達した元ベテランCIA要員に見つからずにすむはずがない。

二人のバイク男は監視活動をしているようにはとても見えない。

「ライアン?」〝ディング〟・シャベスが交信ネットワークを通して呼びかけた。「接続が切れたのか?」

「ちがう。交信は可能。二台のドゥカティもやって来たんだ。明らかにヘイゼルトンを追っている。ほかのオートバイの居場所は不明。監視にしては荒っぽい。やつらはヘイゼルトンを襲撃するつもりなのだと思う」

今度はドリスコルの声がネットワークを通して聞こえてきた。「追手が車を投入しているということは確認できていない。もし車が使われていないとすると、そいつらのねらいは拉致《らち》ではない。もっと悪いことかもな」

ジャックも同じ不安に駆られていた。今回の監視作戦の危険度が刻一刻と高まりつつあるような気がしてびっくりしていた。「うーん、何てこった、こいつは殺しの可能性もありますね」

シャベスが割りこんだ。「おいおい、ちょっと待った。ヘイゼルトンは企業課報活動《インテリジェンス》の仕事をしにここに来たことになっている。前回やったのもマイクロソフトのための仕事だった。自分の命を奪おうとする敵のことを心配しているようすなんて、まったくなかった。殺しということになると、えらいエスカレートのしかただな」

ジャックは新たに二台のオートバイを目にした。その二台は東からファム・テー・ヒアン通りに入り、猛スピードでジャックを追い抜き、離れていった。一台はヘイゼルトンが入った裏道と平行に走る東側の路地へ、もう一台は西側の路地——ジャックがたどろうとしていた隘路《あいろ》——へ、飛びこんだ。

ジャックはヘイゼルトンが入った路地の入口を通りすぎた。と、その瞬間、最初の二台を垣間見《かいまみ》ることができた。二台はちょうど、運河まで達する細長い二階建ての倉庫二棟のあいだに入りこむところだった。ジャックは足をさらに速めた。どのような襲撃になろうと、それはすぐにはじまる、と判断したからだ。なぜなら、ヘイゼルトンはいまや路地から出て運河に突き当たろうとしているはずだからである。運河に突き当たれば当然、こちらの方向へ戻ってこざるをえない。

ジャックは倉庫のあいだをのぞこうと、その角へ向かって走りだした。「ええ、そうですよね、ディング。でも、いまや四人の男が彼をとりかこみ、逃げ道を完全にふさいでしまったのです。何かが起こります」

ついにジョン・クラークの声がネットワーク上に響きわたった。「車を一台、手に入れる。ヘイゼルトンを連れて緊急脱出する必要があるかもしれんからな。だが、道が混んでいる。いくらか時間がかかる。ディング、サム、大至急ライアンのところへ向かえ。ジャック、介入するな、何が起こってもな。きみは武装していないんだ」

ジャックは小声でクラークに応《こた》えた。「わかりました」彼はすでに倉庫の端に達しており、そこにぴったり身を寄せて、目だけそっと角の向こうへ出していこうとしていた。何が起ころうとしているのか、そこからのぞくつもりだった。

ヘイゼルトンは五〇ヤード先に横たわる、どす黒く見えるケン・ドイ運河に近づいていった。向こう岸の五区には、きらめく明かりがほんのわずかしか見えない。が、そこにも倉庫がかなりの数かたまっている。ただ、夜のこの時間には、人の活動らしい動きはほとんどない。目の前の運河はホーチミン市のほぼ中央を横切る水路だというのに、夜にはそこにも船の行き来はないに等しい。

ヘイゼルトンは、まずパスポート類をできるだけ細かくちぎり、紙屑《かみくず》にしてケン・ドイに投げ棄《す》てるつもりだった。そうすれば、細かい紙切れとなって下流に向かって流れて拡散し、北朝鮮も役立てることができなくなる。

が、その計画もいまやおじゃんになったと彼は知った。背後からしっかり整備されたオートバイのエンジン音がいくつか聞こえてきたからだ。

バイク野郎たちはおれを追ってきたのだとヘイゼルトンにはわかっていた。こいつらは自分たちの存在を隠そうともしない。ひとりでもない。ほかにも追手がいると確認できたわけではないが、背後から近づいてくるバイクのあまりのスローペースに、こいつらはだれかほかの者が位置につくのを待っているにちがいない、とヘイゼルトンは思わずにはいられなかった。

コリン・ヘイゼルトンは酔っぱらっていたが、知覚はまだ鈍っていなかった。曲りなりにもこの種のことをずいぶん長いあいだやってきたのである。

そして突然、彼の疑いが正しかったことが証明された。二つのヘッドライトが前方にあらわれたのだ。ひとつは運河の桟橋沿いの小道を東から、もうひとつは西から、やってくる。明らかに彼のほうに向かって、一定のペースをたもちつつ近づいてくる。

捕まっちまったな、とヘイゼルトンは思った。どういうやつらだか見当はついている。やはり〝デューク〟・シャープスの配下の者たちだろう。あのフランスの女《あま》はすでにこの街に共謀者を連れこんでいたのか。そういう者がやって来るまでに一、二日はかかるだろうと予想していたのに、こうやって数分のうちに襲いかかってきやがった。

前方の二台のオートバイは数フィートのところまで近づくと、エンジンを切ってとまった。乗っている男たちはヘルメットをとらず、鏡面ヴァイザーを下ろしたまま。後方の二台も、すでに二〇ヤードほど離れたところにとまっていて、ソフトなエンジン音を自信ありげに響かせ、逃げ場はないぞとヘイゼルトンに告げている。なんとかうまいことを言って、この窮地を切り抜けなければならないな、とヘイゼルトンは思った。

彼はいちばん近いバイク男を見やった。そいつがリーダーだろうと判断したからだ。ヘイゼルトンはなんとか笑い声を洩《も》らした。「明日まで来ないと思っていたんだが。あんたらをえらく見くびってしまったようだ」

バイク男たちはだれひとり口をひらこうとしない。

ヘイゼルトンはつづけた。「お見事。本社《ニューヨーク》があんたらを事前に送りこんでおいたというわけだな？ おれがためらうと予想していたのか？ いやあ、たいしたもんだ。こういうの、昔は〝不意討ちを予期して未然に防ぐ〟と言っていた」ふたたび笑いを洩らし、繰り返した。「お見事」

いちばん近くにいた男がオートバイから降り、手を伸ばせばとどく位置まで歩いてきた。鏡面ヴァイザーのせいでロボットのように見える。

ヘイゼルトンは肩をすくめた。「抵抗せざるをえなかったんだ。おい、わかるだろう？　なにせ今回のクライアントはＤＰＲＫ——北朝鮮——なんだからな。あんたらがそこまで知ってるかどうかはおれにもわからんが、デュークは世界最悪の野郎たちと懇《ねんご》ろになっちまったんだ」

　男はヘルメットに手を伸ばし、ヴァイザーを上げた。これにはヘイゼルトンもちょっと驚いた。男は最初、顔を隠しつづけたほうがいいと判断しているようだったからだ。知り合いなので顔を見せるつもりなのかもしれない、とヘイゼルトンは思った。なにしろシャープスは元ＣＩＡ要員をたくさん雇っているからな。

　コリン・ヘイゼルトンは明かりを浴びた男の顔をよく見ようと、すこし顔を前へ突き出した。が、顔を見たとたん、ギョッとして後じさった。

　知らない男。アジア人の顔。冷酷そうな険しい顔つき。

　北朝鮮人。

「あっ」思わず声を出した。「そうなのか」もう一度むりやり笑い声を洩らした。「今日はまるでついてない日だったというわけか？」

「書類をよこせ」北朝鮮人は言った。

　ヘイゼルトンは自分の体を手でさぐる仕種をした。そして肩をすくめた。「ほら、ごらんのとおり。書類はレストランに置いてきたブリーフケースのなか——」

「ブリーフケースは空だった！」いつのまにか北朝鮮人の右手に自動拳銃《けんじゅう》がにぎられていた。ヘイゼルトンは銃器の知識はほとんどなかったが、本物にちがいないと確信した。背後の二人がふたたびオートバイのエンジン回転数を上げはじめた。前方のもうひとりの男が、バイクに乗ったまま腰を浮かして突っ立つ姿勢をとった。

この一部始終を見ていたジャック・ライアン・ジュニアは、倉庫の角の向こうに出していた目を引っこめ、顔をうしろへ戻した。そして片膝《ひざ》をつき、ＰＴＴボタンをたたいた。「こちら、ライアン、監視中。追手、四人とも、監視対象のまわりに集結。拳銃をつきつけている」

〝ディング〟・シャベスが応答した。息遣いから走っているとわかる。「気楽な企業関係の仕事にしてはきついことになったな。そのまま隠れていろ。こちらはいま、ファム・テー・ヒアン通り。そちらまで、あと九〇秒ほど」

ジャックは返した。「これが殺しなら、ヘイゼルトンはもう九〇秒もたない」

クラークが交信に割りこんで吠《ほ》えた。「いいか、殺しでも、阻止しようとするんじゃないぞ。きみは丸腰なんだからな。いま車でそちらへ向かっている。あと三分から五分で着く」クラークが前をふさぐ車に向けて鳴らすクラクションの音もヘッドセットを通してジャックの耳に達した。

ジャック・ジュニアは急いで路地に駆けこみたい衝動に駆られたが、クラークの言うとおりだとわかっていた。銃を持つ者たちと丸腰で戦うとなると、勝ち目なんてまるでない。

だが、ジャックには考えがあった。「戦わなくてもいい手があります、ジョン。あいつらの注意をそらすことくらいなら、やれるかも」

クラークは慌《あわ》てて応えた。「きみはまだ独りなんだぞ。くれぐれも慎重にやれよ」

ジャック・ライアン・ジュニアはこの指示に応答しなかった。すでにスマートフォン上の地図を見つめ、急場しのぎの計画を練っていた。ジャックはバックパックからカメラをとりだすと、二、三度、深呼吸して心の準備をした。

北朝鮮のバイク男は銃口をアメリカ人の胸に向けた。そしてもう一言もしゃべらなかった。

ヘイゼルトンはゆっくりと両手を上げていった。内心パニックに呑《の》みこまれようとしていた。「そんなことをする必要はまったくないぞ。わたしは危険な存在ではまるでないんだからな。ともかく、文明的にやろうじゃないか」アメリカ人はあたりを見まわした。恐怖が体中を駆けめぐり、そのおかげで自分が恐ろしい状況に陥ってしまったことに気づいた。ここまで酔っていなければ、こんなに暗い道をふらふら歩くなんてことは絶対になかったはずだ。だれかが追ってくるという心配もあったわけだし。もちろん、DPRK（朝鮮民主主義人民共和国）の工作員どもに尾《つ》けられているとわかっていたら、いちおうはプロなのだから、いくら酒を飲んでいたって、こんなヘマはしなかったにちがいない。

北朝鮮人は拳銃の撃鉄《ハンマー》をうしろへ引いた。ヘイゼルトンは銃口の黒い穴をじっとのぞきこんだ。まだ、いま起ころうとしていることが完全には信じられない。彼はこれまでに銃口を向けられたことなど一度もなかった。CIA時代に本当に危険な目に遭ったのは、ただの一度だけ、デンマークで偶然、街のチンピラどもに痛めつけられたときだけだ。しかし、それだって、いまの状況よりは遥《はる》かにましだった。ヘイゼルトンは恐怖に完全に打ちのめされていたが、自分の負けであると判断できるほどの冷静さはまだ保持していた。だから声をかすらせて言った。「マネー・ベルト。腰に巻いている」

と、そのとき、コリン・ヘイゼルトンの左肩から二五フィート離れたところにあるアパートの建物のドアがひらき、そこから二人の女が大きな袋を持って出てきた。二人は即座に、目の前の小道の真ん中にいる男たちに気づき、そちらに目をやった。拳銃を持つ北朝鮮人は銃口を女たちのほうへ向けた。二人の女は悲鳴をあげ、跳びのくようにして建物のなかへもどった。

銃を手にしたリーダーの北朝鮮人の背後で叫び声があがった。部下が注意を喚起したのだ。リーダーはハッとしてうしろへ目をやった。大男のアメリカ人が駆けだして二人から離れ、足をドスドス懸命に動かして運河のほうへ向かうのが見えた。

北朝鮮人はアメリカ人のあとを追おうと、慌ててバイクにもどり、エンジンを始動させた。ほかの男たちも一斉にエンジンをふかした。

「ヘイ！　ヘイ！」半ブロック後方のトタン波板造りの倉庫の角で、だれかが英語で叫んだ。四人のバイク男たちはみな、そちらに首をまわし、顎鬚《あごひげ》をたくわえた黒っぽい髪の若い白人を見やった。彼はカメラのレンズをバイクに乗った男たちのほうに向けていた。「みなさん、笑って！」フラッシュが一〇回ほど焚《た》かれ、閃光《せんこう》が薄暗い小道にいた男たちを何度も照らし出した。

若者にいちばん近いところにいた二人のバイク男が、スロットルでエンジンを調整しつつハンドルを一気に切り、タイヤを焦《こ》がしてオートバイを回転させ、カメラを持つ白人のほうへ突進しはじめた。リーダーともう一人がヘイゼルトンと彼のマネー・

ベルトを追って勢いよく飛び出していった。

リーダーの北朝鮮人はオートバイのスピードを上げながら拳銃を上着の内側のホルスターにおさめると、ウエストバンドに手を伸ばして長めの短剣を鞘《さや》から引き抜いた。

3

コリン・ヘイゼルトンはこの三〇年近く、走るといってもせいぜい小走りていどのことしかしてこなかったが、体内に放出されたアドレナリンのおかげでステップに充分に力をこめることができ、二〇秒で運河まで達することができた。彼がその運河に接する小道に突き当たって右にまがったとき、二台のオートバイがすぐうしろにまで迫っていた。ヘイゼルトンは栈橋を走り抜けて運河に飛びこもうかとも思ったが、水の流れがどうなっているのかも知らなかったし、追ってくるのは自分よりも若い男たちなのだから水から引っぱり上げられるか溺《おぼ》れさせられてマネー・ベルトを奪われるにちがいないと思った。だから、そのまま一ブロック、懸命に小道を走りつづけ、右側にあった別の暗くて細い道に飛びこんだ。

オートバイは慌てず、自信ありげに近づいてくる。スロットルを調整してエンジンをあまりふかしていないにちがいない。

「助けてくれ！」ヘイゼルトンはまわりのアパートの建物に向かって叫び、目でバルコニーや窓をさぐり、助けてくれる者を必死になって見つけようとした。追手の拳銃が気になり、弾丸が首筋にもぐりこんでくるのではないかと、たえずヒヤヒヤしていた。人がたくさんいて衆目にさらされているところまで逃げなければいけないとわかっていたが、近くにそういうところがないということも知っていた。いちばん近い〝多数の人の目にさらされた避難所〟まで数ブロックはある。

ドミンゴ・〝ディング〟・シャベスとサム・ドリスコルは、スマートフォンのマップ上に浮かんでいる、ジャック・ライアン・ジュニアのGPS発信装置《ビーコン》位置を示すグレーの点をめざして、八区の薄暗い通りを次々に駆け抜けていた。シャベスは三〇秒ぶりに視線を下に向けてデジタル・マップをチラッと見やり、二車線の通りから正しい路地へ入りこんだことを確認した。と、そのとき、ジャックの声がイヤホン型ヘッドセットから飛び出した。

「ディング、GPSでこちらを捉《とら》えていますか？」

シャベスはマップ上の点から目を離さずに答えた。「捉えている。そちらも走っているようだな」

「そのとおり！　武装した二人のバイク男に追われている」

咆哮《ほうこう》するエンジン音がシャベスの耳にも達した。それは左肩の向こうにごちゃごちゃ群れるアパートを突き抜けて聞こえてくる。

「すぐに合流する」

「ひとりはヘイゼルトンのほうへ行って。彼は運河のほうへ駆けていった。こちら側、西のほうではない。だから、ひとりは東のほうへ行ってほしい」

シャベスは走りながらドリスコルに呼びかけた。「きみはライアンのほうへ行け！おれはヘイゼルトンを捉《つか》まえる」

コリン・ヘイゼルトンに勝ち目などまったくなかった。バイクに乗ったリーダーの北朝鮮人は、図体《ずうたい》の大きい初老のアメリカ人のすぐうしろまで一気に迫り、薄い短剣をいったん脇《わき》にたらしてから、腕を突き出して前方の大男の背中を刺した。まず左の肩甲骨に、次いで素早く右の同じ部分にも、短剣の刃をもぐりこませた。

ヘイゼルトンの左右の肺がほぼ瞬時に萎《しぼ》みはじめ、切り裂かれた臓器のなかに血が勢いよく放出された。さらに数フィート、彼は走った。足どりが乱れるということも一切なかった。背中にパンチを受けただけなのだと思った。だが、すぐにあえぎだし、暗い道の真ん中に引っくり返った。男たちはオートバイのスピードをゆるめ、とまった。そして二人とも、ドゥカティのキックスタンドを下ろし、バイクから降りた。機敏な動きではあったが、相変わらず落ち着いたさりげない仕種だった。二人は負傷したアメリカ人のそばまで歩いてきた。アメリカ人はいまや這《は》って逃げようとしていた。二人の北朝鮮人はヘイゼルトンのすぐそばにひざまずいた。

リーダーの北朝鮮人が手でヘイゼルトンのポケットやシャツを探りはじめた。その手がついにシャツの下に巻かれていたマネー・ベルトを探りあてた。リーダーはベルトの縁をつかんでアメリカ人の肥満した体の中央部まで引っぱりあげた。そして短剣を使って汗と血がたっぷり浸《し》みこんだ白いベルクロ・マネー・ベルトを切断して取り去り、なかを素早く改め、問題の書類が入っていることを確認した。パスポートのひとつに血が付着していたが、すべてそろっていた。

ヘイゼルトンはいまや横向きになり、手を弱々しく書類のほうへ伸ばした。右腕をめいっぱい伸ばし、叫ぼうとしたが、口と背中の傷口から洩れる苦しげなヒューという音の調子がすこし変わっただけだった。

北朝鮮のバイク男は、書類をつかみとろうとするアメリカ人の弱々しい手をたたき払うと、立ち上がり、自分のオートバイのほうに体を向けた。もうひとりの男もリーダーにならい、拳銃を脇にたらしたまま、ヘルメットでおおわれた頭部をあらゆる方向へ向けて見まわし、脅威となる者が道にひとりもいないことを確認した。

二人はふたたびエンジンを始動させ、もと来た道を引き返していった。写真を撮った白人の追跡に加わるためだった。

そのときジャック・ジュニアは五ブロック離れたところにいた。まだ、ケン・ドイルトンはどうなったのだろうか、とジャックは思った。彼を助けるためにできるかぎりのことをしたが、それでも充分ではなかったのではないか、と不安になっていた。運河そばのアパートが群れる、暗い道と駐車場が入り組む地区のなかだった。ヘイゼ二人の女がアパートの建物から出てきたのは、ジャックもしっかり自分の目で見ていた。その二人のおかげでバイクの男たちの注意がそれた。だが、ヘイゼルトンが運河に向かって走りだしたのにはギョッとした。それは最悪の選択としかジャックには思えなかった。むろん、武装した男たちに行く手をふさがれて、生き延びられる希望が吹き飛ばされるようなものを目にした、というのなら話は別だ。

それとも、完全に酔っぱらっていて、恐怖のあまり飛び出していっただけなのか?自分は利口で、強く、敏捷《びんしょう》だと思いこんで。

ジャック・ジュニアはそちらのほうに賭《か》けていた。

そこで、元CIAマンのアメリカ人にこの窮地から脱するチャンスをなんとか与えようと、道に飛び出していき、バイクの男たちの注意を引きつけ、カメラのフラッシュを焚いて彼らの注意をさらにそらした。そして回れ右して一目散に逃げだしたのだ。そうすれば、少なくとも何人かの男を、初老の域に達した動きの鈍いヘイゼルトンから引き離すことができるのではないか、と期待したからである。

計画のその部分は成功した。歩道に置かれていた二つのアルミのごみ缶を跳び越えたとき、追ってくるエンジン音とヘッドライトの光から、二台のドゥカティが五〇フィートにまで迫っていることがわかった。わずか三秒後、二台のオートバイはごみ缶を弾《はじ》き飛ばし、その中身を中空にばらまいた。ジャックは縁石に放置されていた木製の荷運び台《パレット》を跳び越えると、クルッと体をうしろへ回転させて、パレットを払うように動かしてオートバイの進路をふさいだ。だが、ドゥカティはそれを打ち砕き、すこしもスピードをゆるめない。ジャックは鉢植えの木のうしろへスッとまわりこみ、ふたたび方向を変えた。

ドゥカティはいったんスピードを落としてジャックのほうへ勢いよく急転回し、すぐにまたエンジンをふかした。

男たちは追いつづけるのにうんざりして発砲しはじめるのではないか、とジャックは不安になった。だから、不規則な動きをしながら全力疾走しつづけようと思い、左右に体を移動させつつ、ごみ缶、駐車中のスクーター、歩道上の箱などを跳び越え、電信柱のところでクルリとまわって不意に方向を転換したりした。だが、オートバイはしっかりうしろについてくる。道にいるかぎり振り切ることはできない。

サム・ドリスコルの声がジャックのイヤホン型ヘッドセットから飛び出した。「ちょっとじっとしてくれ、さもないと地図上のGPS位置情報が定まらず、いまどこの細い路地にいるのかわからない」と叫んでいる。だが、ジャックはそんな指示にしたがっていられる状況になかった。彼は走りつづけるしかなく、低くたれていた電線をひょいと頭を下げてよけた。そこは事務所用の建物のわきの細い通路だった。ジャックは突如、左へ折れ、アパートの建物が寄り集まる区画のすぐそばにある駐車場へとくだるコンクリートの階段を駆けおりはじめた。二台のオートバイもかまわず階段をおりだし、いまや〝獲物〟まで数フィートにまで接近した。

うしろで銃声が響き、弾丸が前方の階段の下の地面に当たって火花が散った。それでジャックは、男たちを指揮する正体不明の者が射殺許可を出したのだと知った。だが、こいつらはなぜ自分を殺そうとしているのか、その理由がさっぱりわからない。

ともかく、自分と仲間たちはコリン・ヘイゼルトンを尾行していて、偶然なにやら大きなことに突き当たってしまったのだ。だがいまは、そんなことを考えている余裕はない。まずはこの銃撃から逃れなければならない。

長いコンクリートの階段のいちばん下のところに家があり、その二階のバルコニーから衛星放送受信用のパラボラアンテナが突き出している。いまやそれはジャックの目の前、ちょうど目の高さにあった。だが、それにつかみかかるとなると、走ったまま勢いをつけてジャンプし、一五フィート近く飛ばなければならない。ジャックは可能なかぎり遠くまで飛ぶ必要があったので、まだ階段のかなり高い位置で、駆けおりてきた勢いを利用して中空へ跳び出し、脚をばたつかせた。

両手がなんとか直径四フィートのパラボラアンテナの金属アームをつかんだ。勢い余って両脚が大きく前に振れた。まるでオリンピックの鉄棒の選手だった。

二人の追手が乗ったバイクは階段を猛然と駆けおり、ジャックの下を通過してしまった。階段の下の駐車場に突っ込むと、二人は前輪を中心にしてバイクをジャックのほうへと勢いよく回転させた。二台のバイクのタイヤが同時に悲鳴をあげた。

パラボラアンテナのアームにつかみかかった勢いで振れたジャックの両脚は、地面と水平になるまで上がったが、彼は手すりを捉えられるほど高くまで脚を振り上げることはできず、バルコニーにのぼれなかった。両脚は下へと振りもどり、ジャックは腕の力だけで体を押し上げていき、バルコニーの金属製の手すりをつかもうとした。不意に、アームの取り付け部分がジャックの重みに耐えかねてバルコニーの手すりからはずれ、アンテナは太い電線の束だけでぶらさがる状態になってしまった。

　ジャックは下の階段まで一〇フィートほど落下した。衛星放送受信用のパラボラアンテナもジャックといっしょに落ちたが、途中で電線に吊《つ》り下げられ、階段までは落下しなかった。ジャックは最初うまく着地したが、バランスを崩して前へつんのめり、階段を転がり落ちて、駐車場に飛びこみ、体がとまったときには仰向けになっていて、頭がぼうっとしていた。バイクの男たちとの距離は二〇フィートしかなかった。

　ジャックは顔を上げ、銃を持つ男たちを見つめた。二人のバイク男は、あまりの幸運に驚嘆したかのように素早く視線をかわした。そしてひとりが拳銃を上げた。

　だが、男が発砲する前に、顎鬚をたくわえた黒服の男が右から全速力で突進してきて、アメリカンフットボールのフィールドでタックルをするラインバッカーよろしく、銃を構えるバイク男に激突した。銃を持つ男たちは二人ともオートバイからほうり出され、ジャックに向けられていた拳銃も吹っ飛んだ。

　タックルをまともに食らった男はそのまま失神して動かなくなったが、ドゥカティから転げ落ちたもうひとりのヘルメット姿の男は、腕を素早く回転させ、激突してきた者のほうへ拳銃を向けた。が、顎鬚の男——明らかに西洋人——は背中のバックパックを勢いよく振って、オーヴァーハンドで投げるように動かした。それが発砲しようとするバイク男の利《き》き腕をとらえ、腕が凄《すさ》まじい力で下へ払われた。一発の発砲音が夜を切り裂き、駐車場全体が一瞬の閃光で爆発したかのように見えた。バイク男は舗装された地面に仰向けに引っくり返った。男は素早く体を回転させて四つん這いになり、立ち上がろうとしたが、それよりも早く顎鬚の男が襲いかかり、ヘルメットのヴァイザーに一発、強烈な蹴《け》りを入れた。パッドのついた強化プラスチックが衝撃を吸収したものの、蹴られた男は首をうしろへねじられ、背中からまともにすっ転び、弾力などまったくない固い駐車場の地面に頭を激しく打ちつけ、意識を失った。

今夜は大きなサロモン・ブーツをはいてきてよかった、とサム・ドリスコルは思った。そうでなかったら、いまは失神して目の前に倒れている男のヘルメットを蹴ったさい、足の骨を折っていたにちがいない。だがそれでも、思い切り蹴ったせいで足の甲がひどく痛む。

ドリスコルはここまで来るのに五分間、全力疾走し、その間スマートフォン上の地図でジャックのGPS発信装置の位置をチェックするため、二度しかスピードをゆるめなかった。そしていまや脅威となっていた二人を打ち倒し、ジャック・ジュニアの安全を確保できたので、足の痛みをふるい落とそうと空蹴りし、地面からバックパックを拾いあげ、二人の襲撃者を拘束するのに使えるジップタイを探した。

「ありがとう」ジャック・ライアン・ジュニアは地面に転がる男たちに目を向けたまま言った。

ドリスコルは自分の闘いかたに満足なんてとてもできなかった。息を切らしながら言った。「くそ野郎がおれのバックパックを撃ちやがった。カメラと地上観察用《スポッティング・》望遠鏡《スコープ》は会社のものだが、タブレットPCはおれの私有物だ。一発食らい、スクリーンを撃ち抜かれた」ドリスコルはジャックを見やった。「新しいの、買ってくんない？」

ジャック・ジュニアは両手を膝にのせ、まだあえいでいた。数分間の奮闘がこたえていた。だが、なんとか笑いを洩らした。「いいですよ。iPadを一台、買ってあげます。お望みならば、おまけとして――」

〝ディング〟・シャベスの声がネットワークを通して各人の耳に達した。「ジョン！　ヘイゼルトンがやられまして、ヤバイ状態です！　車が必要です。いますぐ！」

ジャックとドリスコルは同時に体を跳ねあげ、舗装された地面に落ちている拳銃をそれぞれ拾い上げると、意識を失って横たわる男たちを残して、横倒しになっていたドゥカティを引き起こし、シートにまたがった。

二人がシャベスを支援しようとオートバイを猛然と疾走させて引き返しはじめたとき、遠くからサイレンの音がいくつか聞こえだした。


その何十秒か前、〝ディング〟・シャベスは全速力である建物の角をまがった。すると、道の真ん中に、這い進もうとしている大きな男がいた。そこは暗い二車線の道で、ほかに人影はまったくなかった。大柄な男の白いシャツと禿《は》げ頭から、コリン・ヘイゼルトンだとわかった。シャベスは男のもとに急いで駆け寄った。「しっかりしろ、ヘイゼルトン！　ここから脱出しないと！」

シャベスは大男を立たせようとしたが、ヘイゼルトンは脚で自分の体重を支えることもできなかった。

シャベスは男の肺から空気が洩れる音を聞いた。元ＣＩＡ要員のシャツの背中が血でべっとり濡《ぬ》れている。傷があると思えるところを見つけるのに一秒かかった。シャツの小さな破れのなかに指を入れると、指先が傷口らしきものを捉えた。シャベスはヘイゼルトンのシャツを引き裂きひらいて、背中を露出させた。左右の肩甲骨の下にひとつずつ、小さいが深い刺し傷があった。

「くそっ」シャベスは思わず声を洩らした。胴体の深手については知りつくしていた。この二つの小さな穴を押さえてふさいだだけではヘイゼルトンの命を救うことはできない。出血は体内でも起こっているのであり、萎んだ肺は表皮の傷口からかなり遠いところにあるからである。肺は胸郭のなかにあって、血を噴出させ、いまやせいぜい一〇%ほどしか機能していないにちがいない。傷口はふさがなければならないが、肺をふたたび空気でふくらます必要もある。

シャベスは暗い道の中央にひざまずいたまま、バックパックのなかに手を入れ、黒い小さなポーチをとりだした。たいしたものではない。チームの各人がいついかなるときでも携行する単なる個人用の救急キットだ。シャベスはそこから密封包帯を二つとりだし、口でパッケージを破って中身をだした。そして前腕を使って、空気を吸いこむような音を立てている傷口から血をぬぐいとり、密封包帯をそれぞれの穴にあて、しっかり押しつけて皮膚に密着させた。まずは刺し傷を完全にふさがなければならないということを知っていたからだ。何かできるとしても、それからのことになる。

シャベスはヘイゼルトンの体を転がして仰向けにした。元ＣＩＡ要員の目はひらいたまだが視点も焦点も定まっていない。シャベスは急いで人工呼吸——通称マウス・トゥー・マウス法——をほどこし、血液が酸素を運びつづけられるように肺機能を維持させようとした。

人工呼吸を中断したのは、交信ネットワークを通してこう叫んだときだけだった。「ジョン！ ヘイゼルトンがやられまして、ヤバイ状態です！ 車が必要です。いますぐ！」

クラークはすぐに応答した。「いま、そっちに向かっている！」

そしてこう尋ねた。「敵はそこにいないのか？」

いません、と応えようとした瞬間、シャベスは道のかなり遠いところにヘッドライトがひとつあらわれるのに気づき、顔を上げた。ヘッドライトは動いていなかったが、エンジン音は聞こえた。しっかり整備されたオートバイのエンジンが回転速度を急激に上げる音だ。

「います」シャベスは答えた。「少なくともバイク野郎がひとり戻ってきました。たぶん、なぜこんなに早く助けがやって来たのか、その謎《なぞ》を解明したいのでしょう」シャベスは走って逃げることもできた。だが、このまま道の真ん中にコリン・ヘイゼルトンを置いていくわけにはいかない。彼はいま、この瞬間、看護を必要としているのだ。だれかがヘイゼルトンの心臓がとまらないように努力しつづけなければ、彼はもう一分ももたないだろう。

ジャック・ライアン・ジュニアの声がネットワークを通して聞こえてきた。「ジャックとサムがバイクでそちらに向かっている。拳銃もある。こっちが着くまで、どこかに身を隠して、ディング」

だが、〝ディング〟・シャベスは道の真ん中にとどまったまま、人工呼吸をつづけた。それはヘイゼルトンの心臓をとめないための勇敢な試みだった。

オートバイが急に前進し、シャベスのほうへ走りだした。

ヘイゼルトンの口のなかに五回息を吹きこんだあと、シャベスは瀕死《ひんし》の男の口が立てる音に耳をかたむけ、彼がなお自力呼吸していることを確認しつつ、現在の状況を仲間に伝えた。「バイク野郎が近づいてくる。そいつが何をするつもりなのかはわからんが、おれが逃げればヘイゼルトンは死ぬ」

クラークが応えた。「あと二〇秒で着く」

シャベスは近づいてくるヘッドライトを見つめた。それは三ブロック離れた十字路の街灯の下を通過した。そのとき、街灯の光のなかに黒塗りのドゥカティと、それにまたがって手に持つ何かを前方に突き出している男が見えた。その何かは道の真ん中にいるシャベスとヘイゼルトンのほうに向けられている。

シャベスは声にあきらめをにじませて囁《ささや》き返した。「一〇秒で来られませんか」

なにしろ丸腰なのだ。彼の任務は、元ＣＩＡ中間管理職員がここヴェトナムで何をしているのかつきとめる、ということだけだったのだ。脅威に遭遇する可能性はほとんどないと思われたので、小火器を携行してこの国を動きまわるのは賢明ではない、と判断されたのである。

だがそれは、いまとなっては明らかに間違った判断だった。

オートバイはスピードを上げ、シャベスたちがいる四つ角に猛然と近づいてくる。乗っている男が前に突き出しているのは拳銃で、銃口はシャベスに向けられていた。

男は発砲した。閃光が闇《やみ》にパッと広がり、拳銃がうしろへ跳ね返って銃口が上を向いた。シャベスにできたのは、舗装された地面まで身を低めてコリン・ヘイゼルトンにおおいかぶさることだけだった。弾丸がすぐ上を通過するのがわかった。

弾丸がもう一発飛んできて、左そばの地面にあたって跳ね、火花を散らせた。シャベスは心臓マッサージをはじめたが、これでは助かる見込みはないと思った。なにしろ襲撃者はバイクでぐんぐん近づいてきているのだ。次の一発は標的を捉えるにちがいない。

シャベスはもういちど目を上げ、銃口の位置を確認した。そして、もはやこれまで、と思った。確実に被弾する。

と、そのとき、グレーの4《フォー》ドア・セダンが、ヘッドライトを消したまま凄まじいエンジン音をあげながら全速力で東から四つ角に突っ込んできた。ドゥカティにまたがっていた男は、この左手からの動きに気づき、そちらへ首をまわした。だが、衝突まで半秒の余裕しかなかった。男は銃を持つ手を引っこめ、オートバイの方向を転じようとしたが、回避行動などまったくとれぬうちにセダンに激突され轢《ひ》かれてしまった。火花とオートバイの残骸《ざんがい》が飛び散り、衝突点から煙が噴き出して四方八方に拡散しはじめた。

バイクの男はセダンのタイヤに巻きこまれ、文字どおり潰《つぶ》されてしまった。ヘルメットが弾んで道を転がっていった。まさかあのなかに頭部は入ってはいまい、とシャベスは思ったが、そう確信することもできなかった。それほど激しい衝突だったのだ。

シャベスはたじろいだが、すぐさまヘイゼルトンへのマウス・トゥー・マウス人工呼吸を再開した。

セダンが停止したとき、ジャックとドリスコルがそれぞれドゥカティに乗ってシャベスの後方からあらわれた。二人はオートバイから降りると、まずは立ち上がろうとするチームメイトに手を貸し、次いで両脚、両腕をかかえてヘイゼルトンを持ち上げ、セダンまで運んでいった。

ジョン・クラークが運転席で待っていた。運転席側のエアバッグが展開し、フロントガラス一面に罅《ひび》が入っていたが、車はまだ動く状態だった。

ドリスコルが助手席に乗りこみ、ジャックとシャベスがヘイゼルトンをバックシートに引っぱりこんで、そのまま一緒に乗りこんだ。ドアが閉まるよりも早く、クラークは車を発進させた。うしろから迫るサイレンはすでにかなり近づいていて、濡れた路面とアパートの窓ガラスが回転灯の光を反射していた。

クラークがバックシートの者たちに叫んだ。「負傷者は？」

シャベスが答えた。「ヘイゼルトンのみ」

「助かるのか？」

シャベスはルームミラーを通してクラークと目を合わせ、首を振った。だが、「病院へ連れていきましょう」と言った。

それがどういう意味なのかは声の調子から明白だった。もはやヘイゼルトンの命を救うことはだれにもできないが、ともかく救おうと試みなければならない、ということ。

ドリスコルがすでに携帯で組織のガルフストリーム・ビジネス・ジェット機を呼び出していた。「シャーマン、こちらドリスコル。いま空港に向かっている。ETA、二五分後」ETAは到着予定時刻。「総乗客数《パックス》、四名。非常緊急脱出。秘密輸送なし。負傷者なし。脅威警戒レベル、赤《レッド》。復唱せよ」

〈ザ・キャンパス〉チームの輸送と兵站《へいたん》の調整を担当しているアダーラ・シャーマンは、言われたとおり現場の工作員にすべてを復唱した。そして「そちらの空港到着時《マイク》には離陸準備を完了しておく」と告げた。

車中の男たちは口をつぐみ、しばらく黙りこんだ。セダンのなかに響く音は、へとへとになった男たちの荒い息遣い、シャベスがヘイゼルトンの厚い胸にほどこしつづけている心臓マッサージの音、それに瀕死の男の口と鼻から出てくるゼーゼーという喘鳴《ぜんめい》くらいなものだ。元CIAマンの唇にまで血が上がってきて泡立ちはじめた。それを見てシャベスは、肺内部の出血が恐れていたほどひどくなっていることを知った。

やはりそうだったのだ。ヘイゼルトンは助かりっこない。

だが、ヘイゼルトンの顔を見下ろしたとき、目がパッとひらいたので、シャベスはびっくりした。弱々しい喘鳴にさえぎられてしまったが、ヘイゼルトンは喉《のど》から別の音を出した。何かを言おうとしているようだった。

シャベスは上体を倒して、おおいかぶさるようにした。「何だって？」

ヘイゼルトンはもういちど言葉を発しようとした。「シャ……シャープス」

シャベスは急いでうなずいた。「知ってる。あんたは〝デューク〟・シャープスのために働いていた。襲ってきたやつらがだれだか知っているのか？」

ヘイゼルトンはしっかりうなずき、ふたたびしゃべろうと懸命になったが、口からは蛙《かえる》の鳴き声のような痛ましい耳障《みみざわ》りな音しか出てこなかった。

彼は手を伸ばし、その手をむやみに振りまわしはじめた。

ジャックはその仕種の意味を理解した。「ペンが欲しいんだ。早く！」

ドリスコルがグローヴ・ボックスをあけ、メモ帳とペンを見つけてバックシートの者たちに手渡した。ヘイゼルトンはペンを渡されると、シャベスが掲げたメモ帳に何やら猛然と書きつけはじめた。車のなかは暗すぎて、書かれたものが何なのか識別することはできなかったが、ヘイゼルトンの掌《てのひら》をべっとりおおう血がメモ用紙を汚していることだけはシャベスにもわかった。

一五秒もするとヘイゼルトンの手がとまった。ペンが手からぽろりと落ち、頭部がだらりと横にたれた。

シャベスは人差し指と中指を彼の頸動脈《けいどうみゃく》にあてた。そして三〇秒後に言った。「ジヨン……空港へ」

「了解」クラークは応え、次の交差点で方向を転じた。もはやヘイゼルトンを病院へ運ぶのは時間の無駄でしかない。

シャベスは力が抜けて崩れるように上体をシートの背もたれにあずけた。死んだ男は自分とジャックの膝に載ったままだ。この一〇分間、シャベスはこの男を救うためにできるかぎりのことをした。自分の命さえ危険にさらしたのだ。そうした努力がすべて水泡に帰したいま、シャベスは凄まじい疲労に襲われ、精神的にも肉体的にもくたくたになり、一気に憔悴《しょうすい》してしまった。

ジャックがメモ帳を手にとり、懐中電灯の光をそれにあてた。「なんだこりゃ、とても読めない」

クラークが言った。「そういう心配は離陸してからにしようや」

## 4

ヴェロニカ・マルテルはもういちどチラッとルームミラーに目をやって後方を確認してから、2《ツー》ドアの現代《ヒュンダイ》のハンドルを切り、隠れ家《セーフ・ハウス》のゲートのなかへ入りこんだ。彼女はここまで車を運転してくるあいだに一〇〇回ほど後方の車の流れをチェックした。暗いというだけで、それはずいぶん難しい作業になったが、数分前に雨が降りだしてからは、尾《つ》けてくると思われる車を見つけることなど、ほぼ不可能になってしまった。それでもヴェロニカは、こう自分に言い聞かせた——大丈夫、尾《つ》けられてはいない、ホーチミン市中心部から北東部トゥドゥク区への回り道しながらのドライヴ中、尾行されている気配はまったくなかった。だから、作戦関連《オペレーショナル》セキュリティに関する心配などほとんどなく、二階建ての邸宅の庭内路《ドライヴウェー》に乗り入れた。

砂利敷きの円形駐車スペースが建物の通用口のそばにあり、ヴェロニカ・マルテルはそれを利用することにし、ぐるりとまわって現代《ヒュンダイ》を道路向きにとめ、いざというとき素早く逃げられるようにした。明確な脅威があるとは思っていなかったが、彼女は現場要員であり、この種のスパイ技術が習い性となっていた。

ホーチミン市のフランス料理店『黄金の獅子《リオン・ドール》』でアメリカ人と会ってからすでに一時間半が経過していた。市の中心部からトゥドゥク区までは一二マイルほどしかないが、彼女はSDR（サーヴェイランス・ディテクション・ラン＝尾行や監視の発見・回避のための遠回り）を自発的にたっぷり実施したうえに、管理官《コントロール・オフィサー》から時間をかけてしっかりやるようにと指示されて、距離をさらに引き延ばした。

ヴェロニカは円形駐車スペースにとめた現代《ヒュンダイ》の運転席に座ったまま、車の屋根をたたく雨の音に耳をかたむけた。むろん建物のなかに入ることもできるのだが、そうしないことにした。なぜなら、なかに入れば、ほかの者たちのそばにいることになり、管理官からの電話を待つあいだ、友だちでも家族でもない人々と雑談しなければならなくなるからだ。ヴェロニカはそんなことには興味がなかった。彼女は気さくなタイプとは言えないし、話し好きでは絶対にない。だから、ひとりで車のなかに座ったまま、屋根を打つ雨音を楽しみながら自分の考えをまとめようとした。

《北朝鮮。うーん》

ヴェロニカは目を閉じ、頭をうしろへそらせてヘッドレストにもたせかけた。

《あんた、ほんとうにそこまで落ちてしまったの？》

ヴェロニカ・マルテルは三八歳、ニューヨークに本拠をおくSGIP(シャープス・グローバル・インテリジェンス・パートナーズ)の社員だった。一〇年以上も中東やヨーロッパの大使館でDGSE(ディレクション・ジェネラル・ドゥ・ラ・セキュリテ・エクステリュール＝フランス対外治安総局)の工作担当官を務めたが、やめざるをえなくなり、その後〝デューク〟・シャープスにスカウトされたのである。

現在ブリュッセルのSGIPヨーロッパ支社勤務となっているが、企業諜報活動《インテリジェンス》の仕事で世界中を飛び回っている。この六カ月間にその領域の仕事でムンバイ、大阪、モスクワ、マドリードにもおもむいた。

そしていま、ヴェトナムにいる。ホーチミン市は不慣れな場所だったが、ヴェロニカは行けと本社《ニューヨーク》に言われたところにはどこへでも行くし、今回の任務もいままでヨーロッパでこなしてきたものと変わりなかった。ともかく、今夜接触した連絡員《コンタクト》がプラハから運んできた書類を手渡さないという一方的な決定をして計画を狂わすまでは。

もちろん彼女はそれをすぐさまニューヨークの管理官に報告した――作戦破綻《はたん》の責任をとらされたくなかったからだ。するとニューヨークから、隠れ家にもどれ、だがしっかり時間をかけてそうしろ、状況の修復はこちらがやる、という指示が返ってきた。

やはり、路上で問題のパッケージをヘイゼルトンから奪うということなのか？　ニューヨークの管理官にそれ以外のやりかたができるとは思えなかったが、ヴェロニカは言われたとおりのことをした。

目を閉じてシートに身をあずけていると、携帯電話が囀《さえず》りはじめた。その音は現代《ヒュンダイ》の屋根を打つ雨音よりも大きかった。「はい《ウィ》」

「管理官《コントロール》だ。いま地元要員と話せるようにする」

《地元要員？》ヴェロニカ・マルテルの知るかぎり、今夜を台無しにしてくれたあのいいかっこしいのハゲのアメリカ人のほかに、いまこのあたりにいるSGIP社員といったら、自分ひとりのはずだった。

回線がつながるのにちょっと時間がかかり、ようやく訛《なま》りの強いアジア人の声がスマートフォンのレシーヴァーから飛び出した。「わたしはパッケージを持っている。五分後にあなたがたの隠れ家《セーフ・ハウス》に着く」

北朝鮮人にちがいない、とヴェロニカは直感した。地元要員なんかではない。とはいえ、今回の仕事の利害関係者ではある。何も問わないほうがよいということくらい彼女にもわかっていた。

「では、ここで」ヴェロニカは応《こた》えた。

男は急いで尋ねた。「彼はひとりだったか、あなたが会ったとき？」

「連絡員《コンタクト》のこと？　わたしはそう思うけど。彼を支援する者がいるかどうか確認しろ、という指示は受けていないわ。なぜそんなことを訊《き》くの？」ヴェロニカは思わず問い返してしまった。

「五分後に」問いへの答えはなく、電話は切れた。

ヴェロニカは小型の現代《ヒュンダイ》から降り、玄関ドアまで歩いていった。すでに数日この家に泊まっていたので、鍵《かぎ》は持っていた。それでも取り決めにしたがってドアをノックした。ポーチでしばらく待っていると、ドアの錠が内側からはずされる音が聞こえた。

ドアをあけてくれたのは北朝鮮人だった。この隠れ家に滞在する者たちを監視する三人の警備要員のひとりだ。むろん、その三人もＳＧＩＰの社員ではないが、今回の作戦の利害関係者ではある。三人ともヴェロニカとは距離を置いていて、彼女のほうも彼らには近づかないようにしていた。ドアをあけてくれた男は何も言わなかった。英語もフランス語も話さないにちがいないとヴェロニカは思っていた。男はすぐに玄関口から離れ、居間へ戻っていった。

ヴェロニカは傘をすぼめ、コートをかけると、ひとりぽつんと立って窓の外に目をやり、雨をながめながら庭内路《ドライヴウェー》にヘッドライトの光があらわれるのを待った。パッケージが届くまでだれにも近寄らないようにしようと思っていたが、二、三分すると考えを変えた。いまはだれとも話したくなかったが、ここヴェトナムでの仕事で担当することになった者たちのようすをチェックするのも自分の責務のうちだと判断したのだ。

居間に入っていくと、三人の警備要員が壁にそって立ち、その前のソファーと椅子《いす》に男四人と女ひとりが座っていた。五人とも白人で、入ってきたヴェロニカ・マルテルをじっと見つめている。彼らの顔を照らしているのは蠟燭《ろうそく》の火だけ。その琥珀色《こはくいろ》の光のなかでもヴェロニカは彼らの目にやどる不安を見てとることができた。

不安を宥《なだ》めるようなことを言わないといけないな、と彼女は思った。英語で言った。

「すべて順調です。いま来ることになっている人がいまして、その人が到着したら次に進みます」

だれかが声をあげる前に玄関ドアをノックする音が聞こえた。三人の警備要員が顔を上げ、玄関口へ向かいはじめたが、ヴェロニカが手を振って彼らにもとの場所へ戻るよう指示し、自分がドアのほうへ歩きだした。

ドアをあけると、黒のバイク・ジャケットに身をつつんだ男がいた。アジア人。ヴエロニカはこの男も北朝鮮人だろうと思ったが、確認する気はまったくなかった。

男はフォルダーをひとつ手にしていた。それを差し出し、言った。「ほかの者を見なかったか？」

ヴェロニカはフォルダーを受け取った。「それについてはすでに答えたわ。どうかしたの？ 何が起こったの？」

彼女は男の向こうに目をやり、円形駐車スペースを見やった。二人の男がオートバイのシートにまたがったまま雨に打たれている。彼らのそばに、もう一台オートバイがとめられている。いま目の前にいる男が乗ってきたものなのだろう。

北朝鮮人が家のなかに入り、ドアを閉めた。「あのアメリカ人には仲間の男たちがいた。われわれはそれを知らされていなかった」

「それはわたしも同じ。さっきも言ったけど、わたしは監視する者たちを見つけろという指示は受けていなかった」男はその答えに満足していないようだったので、ヴェロニカは言い添えた。「わたしの仕事に文句があるなら、本社《ニューヨーク》に電話したら」

北朝鮮人は小鼻をふくらませた。男はこんなふうに言われることに慣れていないようだったが、ヴェロニカはそんなことはどうでもよかった。彼女はにらみつける男を無視し、フォルダーの中身を改めはじめた。なかには小さめのマニラ紙のフォルダーが五つ入っていた。ヴェロニカはひとつずつひらき、なかに入っているものを扇形にひろげて調べていった。ＥＵ（欧州連合）の外交官パスポート、チェコ政府が外交官に交付した平壌《ピョンヤン》への渡航許可書、ゴムバンドでとめられたクレジットカード数枚――北朝鮮入国に必要となるものの完全セット。それが五つ。

ヴェロニカが居間へ戻っていくと、北朝鮮人もあとを追った。彼女はパスポートと渡航許可書の写真を一枚いちまい凝視し、ゆっくりとそれらの書類が目の前に座る五人の使用に耐えるものであるか確認していった。五人は黙って座りつづけ、ヴェロニカが何か言うのを不安げに待っていたが、彼女は慌《あわ》てることなくゆっくりと確認作業をつづけた。

どれもこれも完璧《かんぺき》のように見えた。ただ、最後のパスポートだけは例外だった。表紙に赤いインクの染《し》みがついているようなのだ。ヴェロニカはエンボス加工を施された表紙に親指の先を走らせ、それが染みではないことに気づいた。簡単にとれてしまったからである。

彼女は親指をじっと見つめた。それでやっと赤いものが鮮血だとわかった。

《ええっ！》《モン・ディユー》思わず心のなかで声をあげた。《この人たち、力ずくであのアメリカ人連絡員からこれを奪ったのね》

ヴェロニカは顔を上げて北朝鮮人をチラッと見やった。アジア人の目はずっと彼女に注がれたままだった――血だと気づかれたと彼にもわかったはずだ。この男はわたしのたじろぎを楽しんでいる、とヴェロニカは思った。

「すべてOK、問題なし」ヴェロニカ・マルテルは言った。北朝鮮人は何も言わずに立ち去った。すぐに三台のオートバイのエンジン始動音と走り去る音が聞こえてきた。

ヴェロニカはパスポート類をテーブルの上におき、キャンドルランプを引き寄せた。そして五人の白人グループに言った。「午前九時三〇分の便で発《た》ち、平壌着は一一時三五分。もういちど、ひとりずつ、わたしといっしょに偽装経歴《レジェンド》のおさらいをしてもらいます。それが終わったら、何時間か眠るようにしてください。六時に全員を起こします」

この家にいるもうひとりの女性――赤毛の四〇代――がソファーから立ち上がり、近づいてきた。オーストラリア訛りをあらわにして言った。「二人だけでお話しできますか?」

ヴェロニカ・マルテルは無言で肩をすくめ、キッチンへ向かった。赤毛の女性もあとを追った。背はヴェロニカよりもかなり低いが、体重のほうはすこし多い。彼女はこの照明に悩まされている。この赤毛の女は何日も眠れなかったような顔をしている、とヴェロニカは思った。彼女はまるまる一週間いっしょに過ごしたので、五人のオーストラリア人にとってここにいることがどれほど辛《つら》かったかよくわかっていた。

元フランス情報機関員は言った。「どういうお話かしら、ドクター・パワーズ?」

オーストラリア人はキッチンのドアをしっかり閉めた。そして小声で言った。「いいですか、わたしは……わたしたちは、来ることに同意しました。そりゃもちろん、報酬はすごいです。でもね、これは冒険みたいなものなのよ」

「知りたいことをはっきり訊いてくださらない?」

「わたしはシドニーに家族をおいてきました。六カ月、仕事をして、故国にもどる。そういう約束でした」

ヴェロニカは手を伸ばしてカウンターの上におき、完璧に手入れされた爪《つめ》でタイル張りの表面を軽くたたきはじめた。

パワーズ博士はつづけた。「わたしは……わたしはただ、その約束が守られることを確認しておきたいのです」

ヴェロニカは声を落とそうともしなかった。「ドクター・パワーズ、わたしの仕事は、あなたがたがシドニーから平壌への隠密《おんみつ》旅行を安全におこなえるよう、お手伝いするということです。それだけです。あなたがDPRKとどのような約束をしていようと、それはあなたとDPRKとの問題です」DPRKは朝鮮民主主義人民共和国。パワーズは居間に通じるドアを不安げに見やった。「あの連中は信用できません。わたしたちは監視されているんです、まるで囚人のようにね。こちらが質問しても彼らは答えてくれません。で、考えたのです……。あなたは彼らに協力している人間です。手を貸してくれませんか？　たとえば、かわした約束や取り決めの実行についてもうすこしはっきりさせるように頼んでいただけませんか？　お願いします」

ヴェロニカはそばのカウンターにのせていた手を引き、自分よりも背の低い女性の肩においた。そして微笑《ほほえ》みをかすかに浮かべながら言った。「ドクター、わかります」

年上の赤毛のオーストラリア人は安堵《あんど》の表情を浮かべた。「わかってもらえると思っていました」

「わたしが女で白人だというので、この家で警備を担当している北朝鮮の男たちよりは同情してくれ、手助けしてくれると思ったのでしょう。それはわかります。でもね、そう考えるのはまるで見当違い。わたしには何もできないんですから。あなたがたを必要としているのは彼らであって、わたしではないんです」ヴェロニカは肩にのせていた手を下げ、ドアに向かって歩きはじめた。「平壌に着けば、あなたの心配も軽減するはずですよ」

パワーズはほとんど叫んだ。「よくもまあそんなふざけた発言ができるわね」

ヴェロニカは赤毛の女の怒りにも平然としていた。「北朝鮮のために働くことに同意したのはわたしではありません。あなたです。あなたが決定を下したのですから、このままおとなしくその決定にしたがったほうがいいですよ。ここまで来て、彼らがあなたの心変わりを許すとはとても思えません」ヴェロニカはそれ以上何も言わずに居間に戻っていった。

五人のオーストラリア人の一人ひとりにパスポート類を手渡し、偽装経歴《レジェンド》のおさらいをさせていたとき、ヴェロニカ・マルテルは知らぬまに、この人たちこれからどうなるのかしらと考えていた。北朝鮮に協力するというのは、たしかに不安を伴う行為ではあるが、北朝鮮《ピョンヤン》政府との契約を履行したあかつきには、五人とも来るときよりも懐《ふところ》がずっと暖かくなって帰ってこられるのではないか。言うまでもなく、これは違法就労だから、その点が考慮されて高額の報酬が支払われるのである。

五人が北朝鮮でどんな仕事をするのかということについてはヴェロニカもまったくと言っていいほど知らなかったが、それでもなお、今回の作戦をいかなる倫理的観点からも心配する必要はないと思っていた。五人は原子核科学者でもロケット科学者でもないのである。彼らは地質学者、ただそれだけのこと。だれにも脅威とはならない。

間違いない。彼らが北朝鮮のために働いたとしても、そうだ。だから、そう、これは単なる産業・商業・外交的なごまかしにすぎず、危険なことなどまったくないのだ。

いや、待てよ、パスポートについていた血はどうなんだろうか、とヴェロニカは思った。あれはあの厄介なアメリカ人が流した血にちがいない。北朝鮮が五人の地質学者を確実に自国へ渡航させるためによその国で暴力を振るうことをためらわなかったというのなら、今回の作戦の重要度はわたしが思っていたよりも大きいということになる。

ヴェロニカはふくれ上がってきた疑念を頭から追い出した。それは諜報《ちょうほう》活動をしているあいだに磨きあげて身につけた技能のひとつだった。

いまやるべきことは、ここにいる五人のオーストラリア人を明朝九時三〇分発の便に乗せ、彼らや北朝鮮人がこの隠れ家に滞在した証拠が残らないように〝清掃〟をしっかりし、ブリュッセルへ帰る、ということ。それだけ。

それ以外のことはヴェロニカ・マルテルにとってどうでもよいことだった。

5

四人の〈ザ・キャンパス〉工作員と元ＣＩＡ職員コリン・ヘイゼルトンの遺体を乗せた傷だらけのグレーのセダンは、午前一時ちょっと過ぎに、ホーチミン市郊外のタン・ソン・ニャット国際空港の東端にあるＦＢＯ（運航支援事業所）の格納庫のなかに入っていった。

格納庫のなかには航空機は一機しかなかった。それは細身のすらりとした白いガルフストリームＧ５５０で、ＧＰＵ（地上動力装置）はすでに整備士たちによってはずされていた。セダンが乗降用ステップに近づいていったときにはもう整備士たちはきれいに消えてしまっていた。

四人の男たちが車から降りるのと同時に、ＦＢＯの事務所から魅力的な女性がひとり姿をあらわした。金髪をうしろへ引っぱってきれいにシニョンにしてまとめ、身につけている無印の客室乗務員の制服にはしっかりアイロンがかかっていて皺《しわ》ひとつない。

アダーラ・シャーマンの肩書きはヘンドリー・アソシエイツ社機〈ザ・キャンパス〉活動支援機〉ガルフストリームG550の運航調整担当《フライト・コーディネーター》だが、実はそれは彼女が果たしている多くの職務のひとつにすぎない。彼女は機の警備も受け持ち、〈ザ・キャンパス〉工作員の旅行のあらゆる準備も引き受け、税関との問題も処理し、その他状況によって必要となる仕事もこなす。

ジョン・クラークは運転席から降りるや、まっすぐアダーラのほうへ歩いていった。

「また会えてうれしいよ」

「わたしもです、ミスター・クラーク」

「どうなってる?」

「問題なし。税関関係も解決済み。FBOの整備士や職員が干渉するということもありません」

「大金が必要だったんじゃないのか」

「ここでは〝行動の自由〟がよそより安く買えます。遺体を運ぶの、手伝いましょうか?」

「いや、こちらでやる。すでに出国していなければならない状況で、できるかぎり急いでくれるとありがたい、と乗務員《フライト・クルー》に伝えてくれ」

アダーラはステップへ向かった。

サム・ドリスコルとジャック・ジュニアがコリン・ヘイゼルトンの遺体を機内に運び入れ、その間、クラークとシャベスが格納庫の入口で見張りに立って、遺体収容が発覚しかねない決定的瞬間に格納庫内をのぞくというミスをおかすFBOや空港の職員がいないように目を光らせた。

アダーラはすでに客室の床に死体袋《ボディーバッグ》をおいていた。ガルフストリームの貨物室には常時いつでも使える死体袋がいくつか入っているのだ。それは自分たちの仕事がきわめて危険なものであることを〈ザ・キャンパス〉の工作員に思い出させるものであり、決して気持ちのよいものではないのだが、死体袋が実際に使われるのは今回がはじめてだった。ヘイゼルトンの遺体は死体袋のなかに入れられてジッパーで閉じられ、貨物室と後部隔壁のあいだにつくられた隠しコンパートメントに収められた。その秘密のスペースは標準サイズの男を隠せるように設計されていたが、かろうじてその役目を果たせるほどの広さしかなかった。工作員はみな、自分で入って試してみたし、実際に作戦でひとりがそこに隠れて入国および税関の審査をすり抜けたこともあった。

ともかく、そのコンパートメントの設計者は自分で使うつもりなどまったくなしに寸法を決めたのだというのが、みなの一致した意見だった。

だが、ヘイゼルトンは文句ひとつ言わなかった。

全員が搭乗し、乗降扉がしっかり閉められると、パイロットたちはガルフストリームをエプロンへと地上走行《タキシング》させはじめた。彼らは、最初はゆっくりと、だが、すぐにてきぱきと離陸の手順を踏んでいき、たちまち空っぽに近い滑走路から飛び立った。それまでにかかった時間はわずか数分だった。

機が水平飛行に入ってまもなく、アダーラが男たちにコーヒー、ジュース、水をふるまった。ジョン・クラークは隔壁に向かうシートにひとりで座り、〈ザ・キャンパス〉の長でこのビジネス・ジェット機の所有者であるジェリー・ヘンドリーに電話した。クラークはコーヒーを飲みながら、事の一部始終を丁寧に報告した。

一息つくと、チーム全員が機体中央にあるチークのテーブルに集まってきて、コリン・ヘイゼルトンが刺傷で死ぬ数秒前に走り書きしたメモをいっしょに精査しはじめた。クラークとシャベスは読書用眼鏡をかけたが、そうやって視力を補強しても書かれた文字を判読するのは難しかった。ただ、一枚のメモ用紙に四語しか書かれていないということだけは明らかだった。いちばん上に、まず一語だけ。その下に、二語。そしていちばん下に、四文字からなる語があとひとつ、各文字が重なりそうに殴り書きされている。さらに、そうした鶏が足で引っかいたような筆跡の上にべっとりついている血が、ヘイゼルトンが書きつけた文字の判読をいっそう難しくしていた。

シャベスが言った。「最初の語が四文字だということはわかるが、血ですっかり見にくくなっている。まるで読めない。その下に二語。最初の語は……skata のようにも見えるが？……」

クラークが返した。「それだとギリシャ語で『糞《くそ》』の意味になる」

「ギリシャ語をしゃべれるんですか？」ジャック・ジュニアが驚いて訊いた。

「いや、しゃべれるわけではなく、〈レインボー〉をやっていたとき部下にギリシャ人もいたんだ。おれの下で働いていると、悪態もつきたくなるんだろう。連中が〝スカタ〟と言っているのをよく耳にした」クラークはかつて多国籍特殊作戦部隊〈レインボー〉長官を務めていたことがある。

ドリスコルがよく見ようとメモ用紙を自分のほうに向けて、ぐっと身を乗り出しさえした。「skata じゃないね。skala だと思う」

だれもがもういちどメモを見なおした。シャベスとジャック・ジュニアがドリスコルの意見に賛成し、クラークも多数決原理にしたがって言った。「オーケー、では skala としよう。固有名詞のようだな。中央ヨーロッパのものかな？」

ジャック・ジュニアがすでに自分のラップトップでそれをググっていた。アダーラ・シャーマンがジャックのそばのボーンチャイナのカップにコーヒーのお代わりをついだ。ジャックが興奮して声をあげた。「見つけた！　ポーランドの町だ」が、すぐに熱が冷めたような声を出した。「あれっ、ブルガリアにも同じ名の町がある。くそっ、ウクライナにもある。フェロー諸島にも」

ドリスコルがぼそぼそ言った。「うーん、だめだな。それじゃ役立たん」

シャベスが言った。「人の名前かもしれない。CIAにいたとき、そういう姓のハンガリー陸軍の大尉《たいい》をひとり知っていた。彼は一五年前にヘリの事故で死んじまったけどね。ジョン、スカーラという名前の人、知ってますか？」

ジョン・クラークは首を振った。彼はもう次の語の解明にとりかかっていた。「お次は何だ？　四文字？　ＬＫＰＲのようだぞ。ぜんぶ大文字」

アダーラはちょうどシャベスのコップにオレンジジュースを注いでいるところだった。彼女は男たちの話し合いに加わらず、まだひとことも発していなかった。だれにも意見を訊かれなかったからだ。だが、メモ用紙をチラッと見やり、思わず言ってしまった。「プラハ」

四人の男はいっせいに顔を上げて首をまわし、アダーラを見つめた。彼女は説明せざるをえなくなった。「横から口を出してごめんなさい。それ、ＩＣＡＯ——国際民間航空機関——空港コードよ。チェコ共和国のヴァーツラフ・ハヴェル・プラハ国際空港の」

シャベスが返した。「プラハ国際空港のコードはＰＲＧじゃなかった？」

アダーラ・シャーマンは笑みを浮かべた。「それはおもに旅行会社や航空会社が使うＩＡＴＡ——国際航空運送協会——空港コード。航空券に印字されているのも、予約時に使われるのもそれ。ＩＣＡＯ空港コードのほうはパイロットが使うものなんです」

シャベスは疑わしげにアダーラを見つめていたが、クラークが彼女の主張に与《くみ》した。

「そういえばヘイゼルトンはパイロットだった。空軍にいたことがあり、自家用多発機パイロット免許を持っていた」

ジャック・ジュニアが提案した。「スカーラはチェコ人の名前かもしれませんね。ヴァーツラフ・ハヴェル・プラハ国際空港へおもむき、スカーラという名の人物を捜せば、何か収穫があるかも」

クラークは言った。「とりあえずワシントンＤＣへ帰らんとな。そして帰って最初にしなければならないのは、ある人と話し合い、彼女がこの件について知っていることをすべて聞き出すということだ。今後どうするか決めるのは、そのあとになる」

クラークはメモ帳をとり上げて顔に近づけ、用紙のいちばん下にあった最後の走り書きを凝視した。そして数秒してからやっとうなずき、メモ帳をぽんとテーブルにもどした。「どうやらヘイゼルトンの最期《さいご》のメモは『行く手に厄介事あり』という意味のようだぞ」

ほかの者たちもそのメモを吟味した。いまやだれの目にもそこに書かれている四文字が明らかになった。

DPRK。すなわち朝鮮民主主義人民共和国。

みんなが言おうとしたことをドリスコルが真っ先に言った。「あそこの連中はまったく気に食わん」

ガルフストリームG550は夜明けに向かって北東へと飛行していた。四人の男たちは後部の客室のシートに身をあずけ、できるだけ長い睡眠をとろうとした。昨夜の出来事は単なる始まりにすぎず、前途にもっと大きな厄介事が待ち受けているのだと、だれもが思っていたからである。

# 6

## 一年前

崔智勲《チェジフン》は生まれてもう二八年にもなるが、物心ついてからというもの「あなたはそのうちこの国を領導される方になられるのですよ」と言う人々に取り巻かれて生きてきた。そうした者たちの大半は〝おべっか使い〟だったが、崔智勲はそんな単語などいちども耳にしたことがなかった。ただ、彼らが取るに足らぬ人々であることは知っていた。それでも智勲は彼らの言うことを信じた。この世でただひとりの重要人物である父親が同じことを言っていたからである。父、崔利興《チェリフン》は、息子の智勲にこう言い聞かせていたのだ。「いつかはわたしも死ぬ。そのときは、おまえがわたしの跡を継いで、朝鮮民主主義人民共和国の最高指導者になるのだ」

父親は息子に権力の継承を約束したが、息子に国を治める能力があるとはとても思えないという本音まで明かすことはなかった。息子は意志が弱く、怠惰で、頭もさして良くない、と父は思っていたし、これほどひどいおべっか使いもいない、とも思っていた。二二歳になると、若き智勲は朝鮮労働党役員になり、全国を旅してまわって国家の歴史的出来事を記念する芸術作品の制作を委嘱するという職務も任された。智勲はその仕事を父におべっかを使う手段にしてしまったのだ。智勲が制作を命じた絵画や像はひとつのこらず、父、崔利興のものだったのである。父の機嫌をとって跡継ぎになろうとする意図が見えみえだった。

だが崔利興は、ほかに選択肢はないと思っていた。国を兄弟のひとりに譲りたくはなかったからだ。譲れば、どの兄弟にも息子がいるから、ゆくゆくはその息子が朝鮮民主主義人民共和国の最高指導者になることになる。甥《おい》にこの国を渡すわけにはいかない。ただその理由は「甥に渡せば、後世の人々に受け継がれる自分の遺産が少なくなり、己の名声が損なわれる」という身勝手なものではあった。ともかく崔利興の他の子供たちはみな娘なのであり、女が北朝鮮を率いるなんてことは絶対に不可能だった。

だから息子の智勲を後継者にするしかなかった。自分の跡継ぎにして国を統治させてもよいと思える者は、意気地がないうえに怠惰な息子ひとりだけだったというわけである。息子が祖国をうまく切り盛りしていけないことは父にもわかっていた。だが、結局のところ、崔利興にとっては、血統の権威を維持し、それによって己の名声を不朽のものとすることのほうが、統治下の二五〇〇万人の国民の生活よりも重要だったのだ。

崔利興は息子の統治のための地ならしをほとんどしなかった。ただ、息子が無能なことはよくわかっていたので、権力継承と同時に自分の六人の顧問たちをも個人的な助言機関として息子に継がせることに固執した。その顧問たちはほぼ二〇年にわたる崔利興の統治のあいだずっと相談役を務めてきた人々で、そのうちのひとりは外務大臣の地位にあった弟だった。むろん崔利興は、己の体制を支えてきた者たちの生き残りをそのまま息子の政権に入れれば、無能な跡継ぎにも有能な最高指導者と同じことができるようになる、などという甘い考えを持ったわけではない。ただ、智勲ひとりに勝手にやらせておいたら招きかねない祖国の崩壊をどうにか食い止められるのではないか、と思ったのだ。

そして、ついに権力継承のときが訪れた。父、崔利興が亡《な》くなったとき、跡継ぎの崔智勲は二七歳だった。その若さで北朝鮮の最高指導者となったのだ。最初は父から受け継いだ六人の顧問たちが国をうまく治め、その間、智勲は得たばかりの権力――地位によって行使できるものだけでなく、自分の一挙手一投足に目を光らせる父がもうそばにいないことによっても振るえるようになった権力――を大いに楽しんだ。彼は以前にも増して金を惜しげもなく浪費するようになり、新たに制作した像や絵はすべて自分をかたどったものにしたし、建設を命じた遊園地や競技場や記念建造物には自分の名を冠し、地方のほぼ全域が凄《すさ》まじい飢饉《ききん》に襲われているというときでさえ船で贅沢品《ぜいたくひん》をこっそり持ちこんだ。

だが、北朝鮮の最高権力をにぎって数カ月もすると、崔智勲は変貌《へんぼう》した。ちやほやされるあまり自分は偉大なのだという妄想にとり憑《つ》かれ、同時に疑心暗鬼にも囚《とら》われるようになってしまったのだ。おかげで放蕩《ほうとう》への興味も薄らいでしまった。こうして父親の一周忌に、崔智勲は決心した――自己の権威を確立し、国家のあらゆることへの支配力をさらに一段と強める必要がある、と。

軍との関係よりも重要なものなど何もない、と彼は考えた。自分が生き延びられるかどうかは軍次第なのである。父親は臣民たちに〈親愛なる指導者《チネハヌンチドジャ》〉などと呼ばれたが、崔智勲は自分を〈大元帥《デウォンス》〉と呼ばせた。つまりそうやって、自分こそがこの国の全軍の最高司令官なのだ、ということを示そうとしたのである。智勲が軍隊で過ごした時間は、党幹部子息用の手加減された〝御曹司《おんぞうし》訓練プログラム〟に参加したときの四週間だけだったが、経歴はすぐさま書き換えられ、彼は「飛行不能となった航空機を高速道路上に無事に着陸させて乗員の命を救った爆撃機パイロット」であり「南に拉致《らち》されて奴隷《どれい》として売られた北朝鮮人を救出するための南朝鮮への秘密作戦を三回も指揮した特殊部隊・空挺隊員《くうていたいいん》」でもあるということにされた。

そうした英雄的行為は学校で教えられ、その偉業を称《たた》える歌がつくられ、テレビでもラジオでも、戦友だったという特殊部隊や空軍の兵士が証言するドキュメンタリー番組が放送された。

事実を知る者たちも、〈大元帥〉様の軍歴の何もかもがデタラメであるということを絶対に口にしなかった。なぜなら彼らは、その作り話のほうが事実よりも重要であることを知っていたし、その虚構は疑う者を殺してでも維持しなければならないということもわかっていたからである。

崔智勲の父親はハト派では決してなかった――そうであったはずがない。崔利興は処刑や起こるべくして起こった飢饉によって何万人もの国民を殺したうえに、韓国に砲弾を撃ちこんで何度も朝鮮半島を戦争の瀬戸際《せとぎわ》にまで追いこんだのだから。だが、息子の崔智勲はその父親よりもさらにタカ派になることで名を上げることになる。彼は新式の兵器システムの買い入れと開発を強力に推し進め、国境地帯での挑発的な演習を命じ、隣国の領土・領海を飛び越えるミサイルの発射実験をおこなった。そして、配下の朝鮮中央テレビに毎日のように韓国、アメリカ、日本を恫喝《どうかつ》させている。

崔智勲の力の誇示は対外的なものばかりではなかった。徐々に自分の役割をこなせるようになるにつれ、智勲は対内的な権力行使をも増大させていき、父が遺《のこ》した六人の顧問たちの権力をも奪っていった。六人の男が表明するどんな反対意見も自分の統治への直接的な脅威とみなし、智勲は内外の脅威への恐れを異常なほど膨れあがらせていき、結局、六人の顧問たちを全員排除せざるをえないという思いに駆られてしまった。

それから一カ月もしないうちに、助言機関の五人の顧問たちが、考えうるありとあらゆる国家への犯罪をおかしたという理由で次々に処刑されていった。しかし、最後に残ったひとりを排除するのはそう簡単ではなかった。その最後のひとりである崔《チェ》尚雨《サンウ》は智勲の叔父であり、父の外務大臣まで務めた七〇歳の外交官だったのだ。父が死ぬと、智勲は崔尚雨を駐中国大使に任命した。外交官の最高位である外相を務めていた者にとって、それは降格を意味したが、依然として重要なポストにとどまることに変わりなかった。なにしろ中国と北朝鮮は緊密な関係にあったのである。二国はずっと同盟国だったのだ。ただ中国は、最近の若い崔智勲の武力による威嚇《いかく》には大いに不満で、両国が以前と同じ同盟関係にあるとは言えなくなってしまった。中国としては、朝鮮半島の不安定化だけはなんとしても避けたい、いや、避けなければならないのである。だから中国と北朝鮮との関係は急速に冷えこんでいった。

北朝鮮は中国と貿易をいくらかおこない、それよりもずっと小規模だが他の数カ国とも交易していたが、通商活動というとそれくらいのもので、北朝鮮経済は事実上閉鎖されていると言ってよかった。さらに、同国で生産される全商品の九五％は国有企業で製造されている。

それでも中国は、北朝鮮の最大の貿易相手国であり、同国の産業に影響力を及ぼすことができた。そしてその及ぼしうる影響力のなかでもいちばん大きなものは鉱業部門へのそれだった。というのも、北朝鮮が保有する真の価値は地下にあることを中国はずいぶん前から知っていたからである。

両国の関係があらゆる面で変化したのは、北朝鮮で調査していた中国人地質学者グループが、同国北西部の丘陵地帯に貴重なレアアース（希土類）鉱床を発見したことを明かしたときだった。北朝鮮は中国と何百もの採鉱契約を結び、両国は共同で石炭、鉄、銀、ニッケルを採掘してきたが、このレアアース鉱床の発見はこれまでにない特別なものだった。地質学者たちは試掘して埋蔵量を推算し、北朝鮮に伝えたが、その量はどんどん増えていった。

中国が最終的に出した結論は、「定州《チョンジュ》市近郊――西朝鮮湾の海岸線に近い平安北道《ピョンアンプクト》の緩やかに起伏する丘陵地帯——の地下には世界最大のレアアース鉱脈があり、そこには総計二億一三〇〇万トンほどの希土類が存在すると思われる」というものだった。

中国の国営鉱業会社が二五年間にわたる鉱床の開発権を獲得し、契約が正式に取り結ばれ、彼らは採掘・開発に必要となる地域のインフラの建設にとりかかった。だが、困難だが実りある工事が一年ほど進んだところで、崔智勲は駐中国大使の叔父を協議のため本国に召還した。そして叔父にこう言った——中国が発見し、あると断言した新たな富は、それはそれでとてもいいものだけど、わが国には富よりも重要なものがあり、中国はそれを持っている。

智勲の叔父は戸惑った。「それは何ですか、〈大元帥《デウォンス》〉？」

「われわれが必要としている技術」

叔父は顔を輝かせた。「ああ、はい。最新のあらゆる掘削装置がすでに運びこまれています。生産性を最大にするコンピューターも、現在まさにこうしているあいだにも設置されつつあります。来年、鉱山が稼働《かどう》しはじめれば、われわれは——」

「わたしが言っているのは採鉱の技術ではありませんよ、叔父さん。わたしはミサイルの技術のことを言っているのです」

「ミサイル？」

「ええ、もちろん。中国は中距離および長距離弾道ミサイルに関する専門知識・技術をなかなか教えようとしません。わたしが欲しいのはその知識・技術なのです。わたしは国内でも長距離ミサイル産業を発展させたい。そのためには中国の協力がどうしても必要になる」

智勲の叔父はゆっくりとうなずき、虚空《こくう》を見つめた。それは才気あふれる甥の素晴らしい計画に興味をそそられたかのような仕種《しぐさ》にも見えた。「レアアース鉱の共同開発事業を続行したければ、ICBM——大陸間弾道ミサイル——を提供せよ、と中国に迫るわけですか？」

崔智勲は答えた。「そのとおり、叔父さん」

叔父は甥を生まれたときから知っていた。ちょうど兄にしていたように、甥にも物言いに注意しなければならないというのは、やはり妙ではあったが、そうしたほうがいいことはわかっていた。「賢明かつ明敏な外交ですな、〈大元帥〉。中国も同じくらい才気あふれていればと思います。残念ながら、中国の外交官というのは現実を理解する能力に欠けております。彼らはわれわれの筋の通った要請を拒否し、富をもたらす鉱山操業を台無しにしてしまうかもしれません」

智勲はつまらぬ心配をするなと言わんばかりに手を振って叔父の言葉を払うような

仕種をした。「叔父さんはチャンケとはきわめて良好な関係にあるじゃないですか」

チャンケは英語のチンクに近い中国人の蔑称《べっしょう》だ。

　智勲の叔父は顔をしかめたくなったが、なんとかこらえた。

「彼らに拒否させないよう、よろしく、叔父さん」

　交渉は平壌《ピョンヤン》で行われることになり、中国首脳部の数人がかしこまってやって来た。彼らは北朝鮮とのレアアース鉱共同開発事業をこのまま契約どおりにつづけるためなら、ほぼどんなものでも提供する気になっていた。

　ほぼどんなものでも。

　崔智勲の交渉担当者たちが「弾道ミサイル製造センターおよびそれを稼働するのに必要となる資材、専門知識、技術をわが国に提供してもらえなければ、契約を破棄する」と切り出すと、中国人たちは北京《ペキン》へもどり、共産党中央委員会に報告して密《ひそ》かに協議したのち、ふたたび訪朝した。そして次のような新たな提案を出した。食糧援助、援助金を増大させ、通常兵器の供給量を増やし、中国海軍が用いているのと同水準の海洋軍事技術を提供する。貿易権を拡大し、中国によるレアアース製錬の条件を北朝鮮にとってもっと有利なものにする。さらに、中国の指導者たちが派手な公式訪問を実施して北朝鮮の国際舞台での威信を高め、崔智勲を国家主席の賓客として中国に招待する。

しかし、崔智勲は外交官になりやすいような育てられかたをしたわけではなかった。彼は生まれてこのかた欲しいものは何でも与えられてきたと言ってよい。側近たちはみな、彼の前を横切るだけで死刑に処せられる可能性があることを知っていた。したがって崔智勲の交渉能力は最低・最悪だった。彼は柔軟性皆無の手に負えない頑固者で、相手に歩み寄るということを決してしない。

だから崔智勲は中国の提案をすべてはねつけた。彼はなんとしてもアメリカに核爆弾を撃ちこむ手段が欲しかったのだ。それを手に入れないかぎり攻撃や暗殺から身を護《まも》ることはできないと彼は思いこんでいたのである。

中国は結局、ＩＣＢＭ技術を朝鮮民主主義人民共和国に手渡すのを拒んだ。北朝鮮が長距離弾道ミサイルを製造できるようになるというのはやはりまずいのだ。むろん中国はアメリカを護ろうとしたわけではない。中国にとってアメリカの安全保障など、どうでもよかった。中国はただ、最も危険で強力な国際交渉の切り札を手にした北朝鮮が何をしでかすか、よくわかっていたのである。北朝鮮が核弾頭を搭載したＩＣＢＭを実際に使うかどうかまではわからなかったが、世界から除《の》け者にされた同国が無謀にも、新たに獲得した力を国際舞台で行使して東アジア諸国を脅すのは確実だった。

中国がいちばん心配していたのは、核爆弾で何百万人ものアメリカ人が死亡するということよりも、そちらのほうだった。

朝鮮半島の不安定化が中国の国益に合致するということはまずないのである。

定州レアアース鉱山に関する交渉が平壌で開始されてからちょうど一カ月後、北朝鮮は「同鉱山にたずさわる中国人は全員、七二時間以内に出国せよ」と中国に一方的に通告した。採鉱・製錬を引き受ける国営企業である中国五鉱集団公司と中国鋁業《りょぎょう》公司の幹部たちが北朝鮮を説得しようとしたが、同国の担当官たちのだれも、崔智勲が要求を軟化させる可能性もあるのではないかと考えようともしなかった。実際、そんな可能性は皆無だった。定州に滞在していた中国人たちは慌てて出国しなければならず、かなりの設備を残していかざるをえなくなった。それでも中国の地質学者およびエンジニアたちは、設備を可能なかぎり北朝鮮から引き上げようと奮闘し、驚異的な力を発揮した。

こうして、崔智勲が北朝鮮の鉱業部門を受け持つ朝鮮天然資源商事の社長に定州レアアース鉱山を操業可能な状態にたもつよう命じたにもかかわらず、その露天掘り鉱山は一夜にして休眠状態におちいってしまった。

実は、北朝鮮には独力でレアアース鉱山を操業する設備もノウハウもなかった。そのうえ、中国人たちは発電機も持って帰ってしまった。定州への送電線も鉱山の操業には不充分なものだった。

国有鉱業会社・朝鮮天然資源商事の社長は、こうしたことをすべて包み隠さず、言葉を注意深く選んで穏やかに崔智勲に説明した。その率直さで彼は命拾いした。強制労働収容所に放りこまれただけですみ、処刑されなかったのだ。

レアアース鉱山をめぐる中国との交渉がもたらした予期せぬ副産物がもうひとつあった。崔智勲が「駐中国・北朝鮮大使である叔父は本交渉の調停を誠実に行わなかった」と断じたのだ。要するに、中国との交渉決裂の責任を叔父ひとりにかぶせた。実際には、交渉決裂の原因は智勲自身のいっさい妥協しない強硬な要求にあったのだが、彼は責任を叔父に転嫁《てんか》したのだ。

崔智勲の叔父――つまり智勲の父親の弟――崔尚雨は、運命の歯車が別の回りかたをしていれば最高指導者になって朝鮮民主主義人民共和国を治めていたかもしれない男なのに、大使を解任され、北朝鮮北東部に位置する清津《チョンジン》の管理所（政治犯収容所）に送りこまれてしまった。

## 7

### 現在

アメリカ合衆国大統領ジャック・ライアンは、スーツの上着の袖《そで》にサッと腕を通しながらオーヴァル・オフィス（大統領執務室）から出ていった。そしてそのまま、襟をととのえ、ネクタイの曲りを直しつつ、秘書官室を通り抜けて、隣接するキャビネット・ルーム（閣議室）に入っていった。すでにそこには大統領との午後三時の会議のために十数人の男女が待っていた。彼らは大統領の姿を認めて立ち上がったが、ライアンはすぐに手を振って部下たちをふたたび着席させ、自分もテーブルの端の上座につき、手抜かりなく準備されていたコーヒーカップに手を伸ばした。

妻のキャシーは夫が午後にもコーヒーを飲むということが気に入らなかったが、ジャックは前回の健康診断で血圧の数値がとてもよかったことで力を得て妻と交渉し、ライト・ロースト仕上げのジャマイカ産ブルーマウンテンをブラックで五オンス（約一五〇ミリリットル）、一週間に五日、午後に飲んでもよいという〝お許し〟をいただくことに成功した。

そしてライアンはこの〝外交的大成功〟にことのほか満足した。

彼は部屋のなかを見まわし、国家安全保障関連の会議のほとんどに顔を見せる常連たちが出席していることを確認した。スコット・アドラー国務長官、ジェイ・キャンフィールドCIA長官、メアリ・パット・フォーリ国家情報長官（DNI）、ジョリーン・ロビリオ国家安全保障問題担当大統領補佐官、ロバート・バージェス国防長官といった面々はみな、テーブルの北側のライアンの近くに座っていて、その向こうに、軍、情報機関コミュニティ、国務省の男女の担当官たちが、書類やタブレット・コンピューターを前にして座っている。

ライアンの首席補佐官、アーニー・ヴァン・ダムも出席していた。ヴァン・ダムは国家安全保障を担当しているというわけではなかったが、大統領の側近中の側近であり、ライアンのスケジュールを細かく管理してもいる。ジャック・ライアンと実際に会って話す機会をだれに与えるかということに関しても、ヴァン・ダムがかなりのていど決めているので、ライアンは国家安全保障問題を検討する重要な会議には首席補佐官も出席させるようにしていた。そうすればヴァン・ダムもそれぞれの問題の危険の度合いを理解することができ、危機に対処しなければならない者たちに大統領と話せる機会をどれだけ与えればよいのかも判断できるようになる。歴代の大統領たちが、ヴァン・ダムほど有能ではない首席補佐官たちが事細かに作成したスケジュールの奴隷になっていた、という話はライアンも聞いていた。たとえば彼らは、世界的な危機が不気味に迫り来ようとしている日に、去年クッキーをいちばん多く売って資金集め王に輝いたガールスカウトと会い、国防次官と会って話し合うことよりもそれを優先させてしまった。

ライアンも優先度の低い〝ご挨拶《あいさつ》面会〟という務めをいちおう果たしはするが、迫り来る破滅的状況の検討に時間を割かなければならないというときには、ためらわずガールスカウトには帰ってもらう。

今日の会議は数日前にスケジュールに組みこまれたものだった。そのとき予定された検討議題は、ロシアが支配するウクライナ東部でのロシア軍部隊の侵略を推し進める一連の動きだったのだが、ライアンは今朝、「もっと差し迫った危機が発生して、そちらのほうを優先的に討議する必要が生じ、東ヨーロッパでのトラブルのほうは今日の会議では後回しにせざるをえない状況となってしまった」ことを知らされた。これにはライアンもつい、国際舞台で自分が立ち向かわなければならない問題が一列にきちんと並んでやって来てくれたらなあ、と思ってしまった。だが、彼はもう何十年ものあいだ政府の仕事に携わってきたのであり、さまざまな緊急事態がまるで連携しているかのように同時に襲いかかってくることのほうが多いことを知っていた。

優れたリーダーシップを発揮するには、いついかなるときでも柔軟に融通を利《き》かせることができ、燃え上がった炎をすぐに消せる状態になっていなければならないことを、ライアンは経験から学んでいた。そして、今日の会議での優先議題を土壇場《どたんば》で変更せざるをえなくなったことを受け入れるのもまた、まさにそうした柔軟さの好例だった。

下調べをしておくべきであることもライアンは学んでいた。この会議にも何の準備もしないで臨んでいるわけではない。ライアンはこの一時間の大半を費やして、国家情報評価（NIE）や報告書を読み、さらには現在もっとも重要な危機に関する生情報にも目を通した。

北朝鮮が同国では最新鋭のICBM（大陸間弾道ミサイル）の改良・派生型長距離ミサイルに燃料を注入しはじめ、それを発射台へ移動しようとしているということは、通信・電波諜報によって数日前に確認できていた。それは明らかに発射する準備で、発射実験であろうと思われた。なにしろ、そのICBMの発射実験はこれまでことごとく不成功に終わっているのだ。それを再度実験するということだから、当然、ホワイトハウスは心配になり、ライアン大統領は急遽《きゅうきょ》、北朝鮮のミサイル技術について懸命に勉強した。

椅子《いす》に腰を下ろしてコーヒーをひとくち飲むと、ライアンは言った。「今日の会議の議題が変更されたという知らせを受けたが、それはつまりDPRK——北朝鮮——がミサイルを発射したということだね？」

ボブ・バージェス国防長官がうなずいた。「はい、そうです」

ライアンは溜息《ためいき》をついた。「詳しいことを教えてくれ」

「DIAのリチャード・ウォード大佐が説明いたします、大統領」

テーブルの反対側の端にいた四〇代の長身痩軀《そうく》の陸軍大佐が立ち上がった。手にはレーザー・ポインターを持ち、目の前のテーブル上にはDIA（国防情報局）の紋章がついた紙挟み《フォリオ》が置かれている。ウォード大佐の隣に座っているDIA所属の女性の少佐が、タブレット・コンピューターを操作して、彼らがいる側の壁に掛けられたプラズマテレビ画面に地図と図表を浮かび上がらせた。最初、画面には朝鮮半島全体が表示されていたが、すぐにズームインで北半分のDPRKの部分が拡大された。

ウォード大佐が口をひらいた。「こんにちは、大統領。昨日、北朝鮮時間の二一時に、すなわち六時間ほど前のワシントン時間午前九時に、DPRKは銀河《ウナサムホ》3号を同国北西部の東倉里《トンチャンリ》ミサイル発射場から発射しました。その発射施設は西海《ソヘ》衛星発射場とも呼ばれています」

画面に全長一〇〇フィートのミサイルが映し出された。「ご存じとは思いますが、銀河3号は衛星打ち上げ用ロケットであるとDPRKは主張しています。技術的にはたしかにそのとおりなのですが、それは使い捨ての運搬ロケットでしかなく、つまるところ、DPRKの最新鋭ではあるものの、いまだ運用可能とは実証されていないICBM、テポドン2号と事実上同じものなのです」

ライアンはそれくらいのことはみな知っていた。大佐はやや仕事熱心すぎるようで、真面目《まじめ》に余計なことまで説明したことになってしまったが、決して大統領を甘く見ているわけではなく、たぶん、ライアンがこうしたことを出来るだけ多く知るのも自分の仕事のうちと思って努力しているのを知らないだけなのだろう。

ライアンはわかっているとばかり手を振った。「そう。あの国の言う衛星打ち上げはみな、ICBMの発射実験を隠すための言い訳にすぎない。銀河3号ほどの大きさがあれば核弾頭一発くらい楽に運べる。射程を推算すると、積載物《ペイロード》をカリフォルニア北部にまで送りこめる可能性もある」

「そのとおりです、大統領。ただしそれは、北朝鮮が核弾頭の小型化にどうにか成功しできておりません。彼らが核弾頭小型化の技術を完成させたということは、まだ確認できておりませんが、すでに完成させたのではないかと、われわれは恐れております。銀河3号は一〇〇キロのペイロードを積載できます。したがって、彼らが核弾頭小型化のテクノロジーをすでにマスターしていれば、その一〇〇キロのペイロードに莫大《ばくだい》な破壊力を詰めこむことができることになります」

「テクノロジーを盗んだかもしれないしね」ライアンは言った。

大佐はうなずきはしたが、そのコメントに不意をつかれたようで、ほんのすこし狼《ろう》狽《ばい》したように見えた。それは自分が担当する状況説明の範囲を超えたことだった。

「すまん、つづけて、ウォード大佐」大統領は先をうながした。

プラズマテレビの画面にはすでに、ロケット/ミサイル発射時と一段目切り離し時の画像が浮かんでいた。「われわれはミサイル追跡のために多数のセンサーを必要なところに配置しました。測定・痕跡計測情報収集《メジャメント・アンド・シグネチャー・インテリジェンス》〝資産《アセット》〟です。われわれはそうした感知・計測装置によって得た数値を分析し、発射台を離れたあとのロケットの動きを追跡し、組み立てました。一段目は約二分間燃焼して、北朝鮮の東の海岸線の上、端川《タンチョン》市上空、高度一二〇キロで燃焼終了となり、うまく切り離されました。二段目は、日本海上空、高度三五〇キロで燃焼終了となりました。ところが、その二段目が切り離される前に何らかの不具合が生じたようで、突発的に機能が完全に失われる破局故障が起こり、ロケットは札幌の西方八〇マイルの日本海に墜落してしまいました」

ライアンはこのミサイル発射実験の失敗がとても嬉《うれ》しかったが、日本が慌《あわ》てふためいていろいろ言うとわかっていた。そうした動揺の外交的影響は、死の灰のように困ったもので、ミサイルが実際に核弾頭を搭載していたときの核爆発力くらい大きなものになるはずだった。

スコット・アドラー国務長官も同じことを考えていた。「これほど本土の近くにミサイルの残骸《ざんがい》が落下したわけですから、日本政府《トウキョウ》が大喜びするなんてことはありえませんね。そりゃ憤慨するでしょう」

ジェイ・キャンフィールドCIA長官があとを承《う》けた。「怒り狂うに決まっています。でもまあ、わたしとしては、そいつがシアトルやサンフランシスコに突入するのよりはましですけどね」

ライアンはウォード大佐とのやりとりをつづけた。「故障の原因はわかっているのかね?」

「MASINT《マジント》――測定・痕跡計測情報収集《メジャメント・アンド・シグネチャー・インテリジェンス》――によって、二段目の燃焼終了後・切り離し前に異常な火炎を検知することができました。すこし時間をかけてテストし、しっかり確認することになっていますが、どうやらわれわれが〝切り離し不全《ステイジング・フェイリャー》〟と呼んでいるものが起こったようです。珍しいことではありません。とくにDPRKでは。前回、銀河3号を発射したときは、一段目の切り離し時に失敗しましたので、今回すこしは前進できたということになります」

「炎はどのくらいのあいだ発生していたのかね？」ライアンは尋ねた。

そんなことまで訊《き》かれるとは大佐は予想していなかったにちがいない。彼は手にしていた一枚の紙に目を落としたが、すぐに慌てて目の前のテーブル上の書類を混ぜるように動かしはじめ、大統領の問いへの答えを探した。iPadに向かって座っていた少佐も、立ち上がり、すこしあたふたして答えを探した。彼女がなんとか探しあて、そのページをウォード大佐のほうへ押しやった。

「答えが遅れて申し訳ありません、大統領。火炎が発生していたのは約二秒間です」

ライアンは渋い顔をした。「それでは〝切り離し不全《フレームアウト》〟にしてはちょっと短すぎるんじゃないかね。通常、切り離しの失敗では、部分的な燃焼停止が起こって爆発、ということになるはずじゃないか。今回の場合、わたしには瞬間的な爆発のように思える。たぶん地上管制センターが、ほかの理由でロケットを所期の軌道に乗せられなくなったと判断し、実験を打ち切ったのではないのかな。ボタンをぽんと押して、飛行中のICBMを爆発させた。銀河3号は飛行終了《フライト・ターミネイション》システムを装備しているのかね？」

ウォード大佐はさらに数枚の書類に素早く目をやった。「えーっ……実はその点はわかっていないのです、大統領。彼らの中距離弾道ミサイルにはフライト・ターミネイション・システムはついておりません。しかし、このICBMはそれよりもずっと大きなミサイルであります。ですから装備していたかもしれません」

「かもしれない？」ライアンは鸚鵡《おうむ》返しに問うた。これは自分が受けたいと思っているようなインテリジェンス状況説明《ブリーフィング》ではない、とライアンは思った。そして、ウォード大佐の顔の表情から、彼もまた、これは自分がしたいようなインテリジェンス・ブリーフィングではないと思っていることがわかった。

「申し訳ありません、大統領、その問いにはどのような答えかたもできません。確かな情報がまったくないのです」

「ロシアは中距離弾道ミサイルにも、より大型のICBMにも、フライト・ターミネイション・システムを組みこんでいる。中国もそうだ。だろう？」

「そのとおりです、大統領」

「だったら……北朝鮮はロシアと中国の技術をベースにしてミサイルを開発しているわけだから、当然、彼らも同様のシステムを組みこんでいるはずではないのかね？」

ウォード大佐は答えなかった。

「イエスなのかノーなのか、ウォード大佐？」

「えーっ、まあ……イエスです。しかし……」

「しかし何だね？」

「しかし、たしかに彼らは両国のミサイル・システムをコピーしてはいますが、簡略化をずいぶんしている部分もあるのです。ですから、銀河3号にいかなるフライト・ターミネイション・システムも組みこまなかった可能性はあります。この件に関する生情報からは確定的な判断はできないということです」

ライアンはこの説明に満足したわけではなかったが、別の角度から問題を検討することにした。「オーケー。今回、ミサイルは何らかの原因で機能しなくなり、墜落した。では、次回起こることを話そう。つまり、発射実験が成功したとき、どうなるのか？　北朝鮮の核兵器の能力についてはどこまでわかっているのかね？」

これならもっとしっかりした説明ができる、とウォード大佐は思った。「彼らは核兵器に使える高濃縮の兵器級プルトニウムを五〇キロほどストックしていまして、その大半はすでに核爆弾になっています。北朝鮮にはウラン濃縮施設もあります。寧辺《ニョンビョン》に〝公然核施設〟がひとつありますが、そこは自分たちのウラン利用は平和目的なのだということを示すための偽装施設にすぎないと、われわれはほぼ確信しております。ほかに〝秘密施設〟がいくつかあることはわかっているのですが、その場所および能力については不明確です」大佐は眉間《みけん》に皺《しわ》をよせた。「それもまた、わが国の対外諜報活動の貧弱さと無関係ではありません」

メアリ・パット・フォーリ国家情報長官が割りこんだ。

「北朝鮮の最新の核実験はプルトニウムではなくウランを使って実施されたと、われわれは考えています。それが事実だとすると、彼らの核能力は高まっているということ。

北朝鮮は地下核実験に三度、成功しています。プルトニウム型原爆をすでに保有していることは疑いの余地がありません。五個から一〇個は持っていると、われわれは推定しています。核出力については、はっきりしたことは言えませんが、脅威となりうるほど大きい、と言うだけで充分でしょう」

メアリ・パットが言い終わると、ウォード大佐がそのあとを引き継ぎ、必要な情報を付け加えた。「繰り返しますが、ＤＰＲＫはすでに、かなり高度な核兵器の小型化に成功していて、理論上、ノドンという射程一〇〇〇キロの弾道ミサイルに小型のプルトニウム型核弾頭を搭載できるところまで達しているのではないかと、ＤＩＡは推測しています。それが事実なら、射程がもっと長い中距離弾道ミサイルにも核弾頭を搭載できると考えても、こじつけにはならないでしょう」大佐は急いで言い添えた。「ただ、ミサイルの命中精度は低く、核弾頭自体の命中率もよくないであろうと、われわれは考えております」

ライアンは尋ねた。「どれほど低いのかね、ミサイルの命中精度は？ テポドン2号の推定命中精度はどれくらいなのかね？」

「はっきりしません。二五％の確率で――」

ライアンは大佐の言葉をさえぎって言った。「数マイル以内に命中させられるのか？ それとも数十マイル以内、数百マイル以内に命中させられるのか？ だいたいのところでいい」

ウォード大佐はふたたび資料に目を落とした。

ライアンは溜息をついた。「大佐、きみは慎重すぎる。ここは率直に話し合う場だ。われわれは目の前のその忌《い》まいましい書類を読ませるためにきみをここに呼び入れたわけではない。読むだけなら、わたしひとりでもできる。わたしが聞きたいのは、きみが知っている事実、きみの考えだ」

大佐は咳払《せきばら》いをした。「イエス・サー。テポドン2号は、うまく配備すれば、二五から五〇マイル以内に命中させることができると、われわれは考えております」

スコット・アドラー国務長官が口を挟んだ。「命中精度は高くなくてもいいんです。テロ兵器ですから。脅迫の道具になればいいんです。崔智勲《チェジフン》が欲しいのは戦術的優位ではありません。金《マネー》です。あの地域での力《パワー》の維持です。命中精度が世界一悪いICBMに搭載された世界一劣悪な核爆弾でもなお、たくさんの人々を震えあがらせることができます」

ライアンはうなずいた。「そう、わたしだって震えあがる」

「わたしもね」アドラーも認めた。「といっても、北朝鮮の意図を正確に捉《とら》え、それを忘れないようにすることが重要です。北朝鮮の核開発というのは、世界を破壊するための〝いかれた計画〟ではなく、世界から一目おかれるための〝いかれた計画〟なのです」

ライアンは言った。「同感だが、わたしは〝いかれた〟という形容詞をつけようとは思わない。GDP――国内総生産――では、北朝鮮はケニアとザンビアのあいだに位置する。もし仮に軍事的なことを考える必要がなく、経済的なことだけ考えればよいというのであれば、ルサカ以上に平壌《ピョンヤン》をあれこれ心配する必要なんてない」

アーニー・ヴァン・ダム大統領首席補佐官が見ていた書類から目を上げ、戸惑いの表情を浮かべた。

「ルサカはザンビアの首都だよ、アーニー」ライアンは説明した。

ヴァン・ダムはうなずき、書類に目をもどした。

ライアンはつづけた。「DPRKはすでに世界から過分な注目を浴びていて、それは核兵器を保有しているからこそ集められるものだ。ところが彼らはそれに飽き足らず、他の核兵器保有国が受けているのとまったく同じ敬意をもって接してほしいと思っている。正直なところ、北朝鮮がカリフォルニアに核弾頭を撃ちこめる能力を実際に有するICBMを保有することになったら、わたしとしては即、彼らが望む敬意を払わざるをえなくなるね」

ライアンは視線をウォード大佐にもどした。「では簡単にまとめると、ロケットは三段目になる前に飛翔《ひしょう》不能となり墜落した、理由はわからない、しかし引きつづき調査中、ということだね」

大佐はきまり悪そうに応《こた》えた。「はい、大統領。残念ながら、そういうことになります」

「報告、ありがとう」
「よし」ライアンは言った。

DIAの大佐と少佐はメアリ・パット・フォーリ国家情報長官のほうを見た。長官は二人にうなずいてから、視線を移してドアを見つめた。二人の佐官は書類やタブレット・コンピューターをブリーフケースにしまい、部屋から出ていこうとドアに向かって歩きはじめた。

ライアンは二人の背に声をかけた。「大佐！　少佐！」

二人とも同時にクルリと振り向いた。「サー？」

「きみたちは最善を尽くした。情報そのものが少ないのだから仕方ない。情報が足りないのは、きみたち情報を伝える者たちの責任ではない。ともかく、わたしは情報をもっと必要としている」

「イエス・サー」DIAの二人の情報分析官は声をそろえた。

「次にここに来るときは、議論する準備をしてきてくれ。わたしを相手にするときは、概要説明ではなく、議論するという形にしたほうがやりやすいと、きみたちにもわかるはずだ。きみたちには知識があり、わたしはきみたちが出会う最も好奇心旺盛《おうせい》な知りたがり屋じゃないかと思うのでね」

大佐と少佐はもういちど声をそろえた。「イエス・サー」そして部屋から出ていった。

二人がいなくなるとスコット・アドラー国務長官がにやりと笑った。「あの大佐、バスで基地に着いたばかりの新兵のようでしたね。火炎が発生していた時間を尋ねられたとき、大佐があなたに返した表情を見ましたか？　まるで車のヘッドライトに捉えられて立ちすくむ鹿《しか》でしたね」

ジャック・ライアンは肩をすくめた。「ちょっとやりすぎたかな。ＤＰＲＫ関係の基本的諜報情報《インテリジェンス》をたくさん読んできたんでね。率直に言って、わたしのところまで来た報告書にはない情報を期待していたんだ。北朝鮮に関するわれわれの情報は穴だらけで、欠落した部分がたくさんある」

キャンフィールドＣＩＡ長官が言った。「森の奥深くまで踏みこみすぎてはいけません、ボス。あなたには森全体を見ていてほしいと、だれもが思っているのです」

「ああ、わかっている」

キャンフィールドはつづけた。「大統領、われわれの北朝鮮関連情報になぜ欠落部分がたくさんあるのか理解することが重要です。ＳＩＧＩＮＴ《シギント》、ＥＬＩＮＴ《エリント》、ＭＡＳＩＮＴ《マジント》はすべて、〝良〟から〝可〟という状態にあります」ＳＩＧＩＮＴは通信・電波情報収集《シグナルズ・インテリジェンス》、ＥＬＩＮＴは電子信号情報収集《エレクトロニック・インテリジェンス》、ＭＡＳＩＮＴは測定・痕跡計測情報収集《メジャメント・アンド・シグネチャー・インテリジェンス》。「宇宙空間、空中、地上、海上に、さらに地下、海中にさえ、それぞれ拠点があって、その傍受・計測装置がすべて朝鮮半島のほうに向けられています。もちろん、サイバースペース経由の情報収集分析も行っています。しかし、HUMINT《ヒューミント》が欠けているのです」HUMINTは人的情報収集《ヒューマン・インテリジェンス》。「HUMINTの大半は韓国への脱北者がもたらしてくれます。そしてその情報の質はたいてい低いのです。脱北に成功するのはふつう、零細自作農、労働者、ティーンエージャーだからです」

ライアンは返した。「われわれは暗闇《くらやみ》のなかにいるようなもので、何もわからないというのかね？」

「HUMINTという点から見ると、ほぼそのような状況です。われわれは北朝鮮の下級官僚を何人か取り込んではいますが、あるていど動かせるそうした平壌の官僚たちは、われわれと連絡をとれるとしても、頻繁にそうすることはできません。現在、CIAが直接運営する〝資産《アセット》〟はあの国のどこにもおりません、ただのひとりも。冷戦の真っただ中でも、われわれはたえずソ連に何人かのスパイを有していました。ところが、いまの北朝鮮ではわれわれは〝目〟をひとつも持たず、何も見えないという状態なのです」

「オーケー」ライアンは言い、指でテーブルを小刻みにたたきはじめた。「ミサイル発射実験の失敗にもどろう。祝杯を挙げたいところだが、北朝鮮には問題がひとつあって――」慌てて片手を上げて訂正した。「いや、問題がいくつもあって、そのうちのひとつに『彼らにとっての〝悪い知らせ〟は必ずしもわれわれにとっての〝良い知らせ〟ではない』というのがある。前にもそういうことがあったじゃないか。あの国は、バツの悪い失敗をしたとき、力こぶをつくって――つまり武力で威嚇して――ごまかそうとする」

メアリ・パットも同じ意見だった。「長距離ミサイルが二段目の切り離し時に爆発したということであれば、彼らは短距離ミサイルを二〇発ほど日本海に向けて〝試射〟しますね」

バージェス国防長官が言った。「あるいは島に砲弾を撃ちこむか、それとも三八度線――軍事境界線――の南まで小型潜水艦を送りこむか」

ライアンがさらに付け加えた。「新《ニュー》・崔《チェ》はここのところ、自分は旧《オールド》・崔《チェ》と同じくらい恐れられるべき存在なのだということをわれわれに示そうと躍起になっている」

国家安全保障問題担当大統領補佐官が声をあげた。「大統領、ここでちょっと大局的見地から意見を述べさせていただきたいと思います。いま話されていたことをすべて考慮したとしても、DPRKは現在わが国が抱える大問題とは言えません。朝鮮半島に新たな紛争の種がいくらかあるというのは確かではありますが、それでも、世界には現在進行形の、もっと緊急な問題がほかにいくつもあります。幸運なことに、北朝鮮はまだプルトニウム型原爆をカリフォルニアには撃ちこめないのです。われわれはそのありがたい事実を考慮し、ロシア、NATO、中国、中東といった、もっと重大な世界の諸問題のほうにふたたび焦点を合わせる必要があると、わたしは思います」

ジャック・ライアンはうなずき、目をこすった。「世界のろくでなしどもはなぜ、番号札をとって、順番にひとりずつ、われわれを脅すということができないのだろう？」疲れと苛立《いらだ》ちがにじむ笑いが部屋中からあがった。「ではと……われわれはこの件についてはどうすればいいのかな？」

アドラー国務長官が答えた。「もういちど国連安全保障理事会に働きかけ、DPRKを厳しく非難する決議を強く求めたらどうでしょうか？」

「国連？　冗談抜きで？　何のために？」ライアンは訊き返した。「中国がかならず拒否権を行使する。ロシアもね」

国務長官は首を振った。「中国と北朝鮮はもはや以前のような同盟関係にはありません。息子・崔が父親・崔の跡を継いで朝鮮半島を不安定化させているので、中国政府《ペキン》はカンカンになっています。昨年、中国とDPRKが鉱業権をめぐって大喧嘩《おおげんか》したことを思い出してください。中国は拒否権を行使しません。ただ、棄権する可能性はありますね」

ロビリオ国家安全保障問題担当大統領補佐官があとを承《う》けた。「ロシアは拒否権を行使します。ただし、それでロシアを外交的に孤立させられる状況がまたしても生まれます。ぐずるロシアをなんとか譲歩させて、新たな決議を採択することができれば、ロシアを除け者にでき、同時に北朝鮮の活動を監視・審査することができます。一石二鳥というわけです」

ライアンは反論した。「いや、一石二鳥にはならない。それでは二羽の鳥に向かって怒鳴るだけで、二羽とものんきに飛びつづける。ロシアは相変わらずやりたいことをやりつづけ、崔第一書記は安全保障理事会の非難決議なんてまるで意に介さない。彼がめざしているのは『権力と武力を保持し、行使する』ということ。ただそれだけだ」

アドラー国務長官はすこしも揺るがなかった。「国連には効果絶大な〝牙《きば》〟はないかもしれませんが、北朝鮮への制裁措置はすでに目いっぱい厳しいものになっています。劇的な新手法を導入せずに制裁措置をこれ以上厳しいものにするのは無理というところまで行っています。現在、外交という手段でわれわれにできることは何もないと言ってよい状況です」アドラー国務長官はテーブルの向かいに座るボブ・バージエス国防長官を見やった。「しかしですね、ボブに平壊を攻撃させないというのであれば、大統領、国連安全保障理事会の決議がわれわれの手のなかにある唯一《ゆいいつ》の武器ということになるんじゃないでしょうか」

ライアンはテーブルに両肘《ひじ》をついた。「通常兵器から、核兵器、弾道ミサイルまで対象とする広範な兵器開発計画への制裁を受けていてもなお、北朝鮮はICBMの発射実験も核実験もできてしまう。中国はわれわれと同じくらい北朝鮮の核武装を望んでいないわけだから、必要な資材を供給しているのは中国であるはずがない。火に油を注いでいるのはロシアだね」

キャンフィールドCIA長官も同じ考えだった。「そういうことです。ロシアの場合、北朝鮮が核兵器を持っても、どうということないですからね。わが国にはそれがまた悩みの種なんです。それにDPRKは現金で支払う。北朝鮮にとって、配備可能なICBMを開発する障害となることは二つしかありません」

「その二つとは？」ライアンは尋ねた。

「ひとつは制裁措置です。ロシアだって、禁輸対象の品目や技術を北朝鮮にひそかに運びこむところを見つかりたいとは思っていません。見つかったら、外交的に厄介なことになりますからね。要するにロシアはそうしたものを北朝鮮に運びこんでいますが、充分に注意してそうしています。ということは、技術はゆっくりと少しずつ流れこんでいるということです」

「もうひとつの障害は？」

「もうひとつは、ずばり、資金です。北朝鮮は救いようのない貧困国で、取引に使用できる外貨をほんのわずかしか所有しておりません。それが突然、潤沢な資金に恵まれたら、ロシアや恥知らずの民間軍需企業への要求水準を上げることができ、当然、ずっとよいサーヴィスを受けることができるようになります。ロシアはいつでも、どんなものでも、売るようになるでしょう。DPRKが数百万ドルではなく数億ドルをちらつかせるようにでもなったら、核が急激に拡散し、北朝鮮はかならずICBMを保有も備蓄もできるようになります」

ジャック・ライアンは自分の国家安全保障問題担当チームに簡潔に言い換えてみせた。「DPRKを貧困のままにしておくのがアメリカの国益に叶《かな》うというわけだ。だが、こんなこと、世界に向けておおっぴらには言えないな。北朝鮮国民を飢えさせていると非難されてしまう。北朝鮮政府こそが国民を飢えさせている張本人なのにね。ともかく、われわれとしては、崔の政府が財政的に豊かになるのを阻止するために、できるかぎりのことをしなければならない」

メアリ・パット・フォーリ国家情報長官が言った。「制裁措置が破られれば、いちどに少しずつ、何百万ドル分の富や物品が出たり入ったりすることになりますね」

ジャックは返した。「われわれは北朝鮮を交渉のテーブルにつかせようと、二世代にわたって彼らを干上がらせる努力を重ねてきたのに、いまだにＤＰＲＫは参らずに前進しつづけている。〈北〉から諜報情報をもっと引き出す必要があるな」大統領は国家情報長官とＣＩＡ長官を見やった。「いま、それがどうしても必要だ。きみたちにはほかにやるべきことが山ほどあるというのは承知しているが、今日ＤＩＡの状況説明を聞いて、わたしは確信した――このままでは、われわれがＤＰＲＫの能力をしっかり把握することができるのは、彼らが実際に大陸間弾道ミサイルの積載物《ペイロード》をサンフランシスコに落として見せるときになる、とね。そのときではもう遅すぎて何もできない。だからＤＰＲＫ内のＨＵＭＩＮＴ《ヒューミント》を改善してもらいたい」

数分後、会議は終わり、メアリ・パット・フォーリはヴァージニア州マクリーンのリバティ・クロシングと呼ばれる敷地内にある国家情報長官府にもどろうと、席を立った。最近の諜報報告には満足していないと大統領にはっきり言われてしまったのだから、やるべき仕事がどっさりできてしまったということになる。キャンフィールドCIA長官ともじっくり話し合わねばならない。彼もまた〝なんとかしなければ〟という思いに駆られているはずだから。

メアリ・パットはキャビネット・ルームから出ると、大統領秘書官の机に載っている枝編みの籠《かご》のなかから自分の携帯電話をとった。と、そのとき、手のなかの携帯が振動しはじめた。彼女はディスプレイを見ずに応えた。

「はい、フォーリ」

「メアリ・パット？　ジェリー・ヘンドリーだ」

メアリ・パットはウェスト・ウィング（西棟）の廊下へ出ていった。ヘンドリーの声の調子から、良からぬことが起こったのだとわかった。「どうしたの？」

「話せるところにいるのかね？」

メアリ・パットはあたりを見まわした。何人もの男女がすぐそばを歩いていて、ひとりになれそうもない。「数分で自分の車にもどれる。そこからかけなおすわ。ひとつだけ教えて。コリン・ヘイゼルトンのこと？」

「そう」

「彼、無事なの？」

ヘンドリーの溜息が聞こえてきた。「いや。それが無事ではないんだ。残念ながら死んだ」

メアリ・パットは廊下の途中で足をピタッととめた。ショックのあまり膝《ひざ》から力が抜けていく。「死んだ？」

一年前

8

北朝鮮の最高指導者の執務室は、55号官邸とも呼ばれる龍城《リョンソン》官邸のなかにある。それは平壌《ピョンヤン》の北に広がる郊外の小さな湖の畔《ほとり》にあった。ただそこは北朝鮮という国の支配者の一〇ある邸宅のうちのひとつにすぎない。

龍城官邸の敷地は数平方マイルもの広さがあり、フェンスとゲートで囲まれており、居住施設はすさまじい補強をほどこされ、通常兵器による攻撃だけでなく核攻撃にさえ耐えられる。さらに、敷地内には精鋭部隊二個旅団が常駐していて、その任務たるや最高指導者を外国軍および反乱から護《まも》るということだけだ。

午前一〇時、敷地の外の周辺部にある検問所に一台の黒塗りのリムジンが到着した。武装警備兵たちが運転手と後部座席の男をチェックした。後部座席に座っていたのは、グレーのスーツに身をつつんだ五四歳になる男で、小柄で細身、頭は禿《は》げていた。すぐにリムジンはそのまま北進して龍城区域の丘陵を抜け、さらに何度か検問所でとまり、ようやく目的地の55号官邸の玄関口に到達した。禿頭《とくとう》の男は車から降りると、少数の随行者に導かれて建物のなかに入った。そして、〈大元帥《デウォンス》〉の雑務を担当する女性三人に案内されて装飾過多の居間に入り、背もたれがまっすぐの椅子に腰を下ろした。

茶が彼の前におかれ、テーブルの向かいのソファーの前にも湯呑《ゆの》みがおかれたが、そこにはまだ茶は注がれていなかった。

彼はしんと静まりかえる部屋の椅子に座ったまま、不安でいっぱいになりながらも、全力で平静をよそおっていた。

彼は黄珉鎬《ファンミンホ》、国有鉱業会社・朝鮮天然資源商事の新社長だ。その地位についてまだ一週間にもならず、今日こうして崔智勲《チェジフン》に会いにきたのである。国の最高指導者にまみえるのはこれが初めてだった。生まれてこのかたずっと実践してきた個人崇拝の〝本殿〟であるこの官邸の現在の主《ぬし》にいまから初めて拝謁《はいえつ》する栄誉にあずかるのである。

黄《ファン》の父母ともに、朝鮮労働党中央委員を務めていた大佐の個人スタッフだった。父は運転手、母は子守で、二人とも例によって、この国の社会全体の基盤となっているプロパガンダを熱く信じていた。息子の黄珉鎬もまた、党や政府ではなく、この国の最高指導者——すべてを創造し、あらゆる恩恵を国民にもたらす善神——を崇《あが》めるように育てられた。こうして崔智勲の祖父、父、そして智勲自身の三人が、黄の世界の中心となった。

黄は真実だと信じてきたことを疑ったことなど一度もなかった。最高指導者の完璧《かんぺき》さと全知全能は日の出・日の入りと同じくらい確かな事実だった。とはいえ黄は、今回の自分の昇進には不安を覚えざるをえなかった。

というのも、自分のボスがどうなったか知っていたからだ。ボスは困難な仕事に力のおよぶかぎり文字どおり全力を尽くして取り組みつづけた。だが、〈大元帥〉様は不可能なことを要求した。で、結局、その不可能なことが実現できないとわかると、黄のボスは自宅で拘束され、連行された。国有鉱業会社——朝鮮天然資源商事——社内の噂《うわさ》によると、彼は北朝鮮の東海岸にある悪名高き9号教化所《キョハンソ》にほうりこまれたという。噂が真実だとすると、都会育ちの六〇歳になる上品な国有鉱業会社・前社長はいま、炭鉱で四つん這《ば》いになって働き、一日一椀《わん》の大麦スープだけでなんとか命をつないでいる。

さらに黄も、朝鮮天然資源商事の文書から前社長に言及した部分をひとつ残らず削除するよう命じられた。要するに、彼の存在そのものを消すように命令されたのだ。

むろん、言われたとおり問い返しも一切せずに実行した。〈大元帥〉様の決定を内心疑うということさえしなかった（少年のとき黄は母親からこう教えられたのだ――「国家の最高指導者様はあなたの心をお読みになれるの、だからいつだって、心のなかでも崇敬と感謝の念を表明していないといけないのよ」）。だが、そこまで洗脳されていても、黄は鈍い男ではなかったので、空席となった社長の座につくよう命じられたとき、この大きな名誉には大きな危険がともなうということに気づかざるをえなかった。

それでいま、こうして55号官邸の豪華な居間で待つあいだ、黄はその危険について考えていた。武装した二人の男が部屋に入ってきて、不安はさらにいっそう大きくなった。男たちは朝鮮人民軍《チョソン・インミングン》の黄緑《オリーヴ・グリーン》色の軍服に身をつつみ、ＡＫ-47を肩にかけていて、ドア口の近くに陣取った。さらに四人の男たちが入ってきて、黄の向かいのソファーのうしろに立った。この六人が朝鮮労働党組織指導部の5課（護衛司令部）に所属する者たちであることを黄は知っていた。彼らは〈大元帥〉様の警護を担当するボディーガードなのだ。そのあと人民服を着た二人の男も入ってきた。個人秘書のようなことをする者たちのように見えた。

まもなく崔智勲が姿をあらわすのだろう。今日のお目通りの理由は黄にもわかっていた。定州《チョンジュ》レアアース鉱山の開発に協力してもらう外国のパートナーに関する決定を崔《チェ》から直々に告げられるのだ。数週間前に中国が開発事業から追い出されて以来、彼らを呼び戻すにはどうすればよいかという議論がなされてきた。同等の立場での共同開発はもはや難しいとしても、中国人を契約社員として雇うくらいのことはできるのではないか、と黄たちは考えた。そこで黄のスタッフが、定州レアアース鉱山の開発に必要となることに関するあらゆる事実と数字を官邸に送った。その情報に目を通せば、外国からの手助けがないかぎりレアアース鉱山開発を成功させるチャンスはないという事実を呑みこむことができ、失敗を未然に防げるはずだった。最高指導者も同じ結論に達するにちがいない、と黄は思っていた。

朝鮮人民軍少佐の軍服を着た女性秘書がひとり、速記タイプを携えて入ってきた。彼女は黄の向かいのソファーの隣席を速記場所に選び、そこに座った。そしてタイプを自分の前に据えて準備を終えると、黄に一礼し、黄も会釈《えしやく》を返した。

同務《トンム》という敬称を用いて全員が挨拶《あいさつ》をかわした。北朝鮮では敬称として、目上の者には同志《トンジ》が、同等か目下の者には同務《トンム》が用いられる。

立っている者も座っている者もみな、静かに口をつぐんだまま、さらに三〇分以上待った。黄はもっと待つ覚悟ができていたが、ひとりの美人接客係が小さな通用口から入ってきて、向かい側におかれていた湯呑みに湯気を立てる茶をそそぎ入れたので、ついに〈大元帥〉様がやって来るのだと彼にもわかった。国家の最高指導者に冷めた茶を出す危険をおかそうとする者など、この国にはひとりもいない。

数秒後、崔智勲が軍服姿の四人の年配の男たちを左右にしたがえて、巨大な両開きのドアから広々とした居間に入ってきた。黄は最高指導者の姿をこれまでに数えきれないほど見たことがあった。北朝鮮のエリートとして、最高指導者が姿を見せる式典に参列することが多いからである。いつものように黄は、最高指導者の若々しい顔と、非の打ちどころのない黒い人民服のゆったりと大きいさまに魅せられてしまった。

黄珉鎬は跳ねるように立ち上がった。顔に浮かんでいた穏やかな表情が、一瞬のうちに抑えきれない歓《よろこ》びのそれに変化した。彼は近づいてくる崔に何度もお辞儀をした。何も言わずに、ただ繰り返し頭を下げつづけた。これが〈大元帥〉様への挨拶のしかたなのだ。黄は最高指導者への挨拶をしくじるような男ではなかった。

軍服姿の男たちは壁際《かべぎわ》に立った。手にメモ帳とペンを持っている。彼らが黄に微笑《ほほえ》みかけると、黄は頭を下げて会釈した。礼儀正しく従順に見えるように注意深く頭を下げたが、〈大元帥〉様に対するほど深々としたお辞儀にならないように用心した。

崔は微笑み返し、黄の真向かいに座った。そして手を前に伸ばして湯呑みをとり、しばし何も言わずに茶を飲んだ。それから、キラキラ輝いてはいるが、どこかコソコソした目で部屋のなかを見まわした。自分の取り巻きが全員いるべきところにいるかどうか確かめるような見かただった。しばらくしてようやく視線を前にもどし、黄を見つめた。

「黄同務《ファントンム》、きみの父親は安《アン》大佐の運転手だったそうだね」

黄は嬉しくて胸がはずみ、あふれ出ようとする歓喜の涙を抑えこむのに苦労した。両親ともまだ健在であり、〈大元帥〉様が父の人生についても知っておられたことを伝えれば、二人は最高に幸せな気分になれるにちがいなかった。黄は座ったまま、ふたたび深々とお辞儀をし、感激して上ずりそうになる声をなんとか抑えて落ち着きをよそおった。「はい、〈大元帥〉様、そのとおりでございます。父についてのお言葉、わが家族にとってまことに光栄に存じます」

だが崔はもう本題に移っていた。「中国人はもう定州にはもどらない。われわれは中国抜きで開発をつづける」

黄は定州レアアース鉱山に関する正確な情報——事実と数字——をすべて知ってい

た。北朝鮮には価値の高いさまざまな天然資源が豊富に存在するが、深刻な電力不足のため、独力での鉱山開発は不可能という状況だった。

しかし、中国でないとしたら、いったいどこの国に手を借りるというのか？ブラジルがここ北朝鮮で採鉱の共同事業をいくらかしてはいるが、彼らには中国にあるようなレアアース鉱山開発の経験はない。そもそも中国の手助けがなければ定州レアアース鉱山は発見さえされていなかったはずで、そのことは黄も知っていた。そして、外国の手助けがなければ、その開発が自分の生存中に実現することはないということも、彼にはわかっていた。

黄珉鎬は最高指導者から決断内容を告げられても何も言わなかった。崔は応えがすぐに返らないことに不審を覚えたかのように小首をかしげた。応えの遅れを不敬の印と受け取られれば自分は処刑されてしまう、と黄にもわかっていた。朝鮮民主主義人民共和国では、最高指導者に異議をとなえることは死刑に値し、それが異議であるかどうかの判断は控え目に言っても〝きわめて主観的なもの〟なのだ。

「きみはわたしが下した決断に同意できないのか？」崔は尋ねた。

黄は素早く立ち直り、またしても深々と頭を下げた。「いえ、ちがいます、〈大元帥〉様。もちろん、心の底から同意しております。定州鉱山の開発の難しさが頭に浮かんだけなのです。わが国の採鉱現場の運営はほぼすべて、中国との共同で行われてまいりました。ところが、定州では、われわれは中国に頼り切っていたのです」

「その頼りすぎはきみの前任者がおかした誤りだ。わたしは彼に『それは主体思想《チュチェ》に反する』と言った。彼は罰せられた――中国が技術面でわが国に優ることを許したという罪でね」主体思想とは、自主独立を強調する北朝鮮の指導指針、政治思想である。これと崔一族崇拝がこの国の準公式宗教となっている。

黄珉鎬は言った。「はい。はい、もちろん、そのとおりであります」

「よし」

「しかし……」

「しかし？」

「採鉱はできます。明らかにわが国は世界最高の採鉱能力を有しております」黄だって計算した誇張を駆使してここまで出世してきたのだが、これは誇張ではなく真っ赤な嘘《うそ》だった。「しかし、レアアース鉱石の実際の処理はもっぱら中国で行われてきたのです」

「どういうことだ、〝処理〟とは？」

黄はこの問いに戸惑った。処理については報告書に詳しく書かれていたからである。

だが彼は説明した。「定州で採掘された鉱石は、トラックで中国の施設に送られていたのです。レアアース――希土類――を含む鉱石には大きく分けて、バストネサイト、モナザイト、ゼノタイム、イオン吸着型鉱の四種類がありまして、まずはそのいずれであるかを識別し、鉱石を粉砕してパウダー状にいたします。そしてそのパウダーにいろいろな化学薬品を加えまして、希土類酸化物を他の鉱物から分離させます。この処理には高度な技術が必要となります。これは地質学者、化学者、コンピューターとＩＴ専門家、その他の人々の力を結集しなければ成し遂げられないプロセスなのです」

崔智勲は何も言わなかった。

黄琨鎬は尋ねた。「ひきつづき鉱石を製錬のため北の国境を越えさせることにいたしますか？」

「もちろん、そんなことはしない。これからはすべてを国内でやる。わが国はこの地球上で最大の鉱床を有しているだけでなく、そうした鉱物を採掘、製錬できる世界最高の科学者および技術をも有しているのだ」

黄は無理してうなずいて見せた。〈大元帥〉様は無から産業をひとつ創《つく》り出せと命じているとしか思えなかった。さらにそのうえ、北朝鮮のだれも直接見たことがない選鉱法を導入しろと命じているようなのだ。

崔は顔を上げて、そばに立つ軍人たちを見まわした。黄はその仕種《しぐさ》の意味がわからなかったが、沈黙には耐えられなかったので、こう言ってしまった。「われわれは処理能力をさらに高めます」そして言い添えた。「世界一になります」

崔智勲は顔に笑みを浮かべていた。接見はこれで終わりなのだな、と黄は思った。だが、崔はふたたび口をひらいた。「よし、いいだろう。すべてが順調に運ぶように、これからきみに指導を授ける。きみはいま、自分に与えられた時間はどのくらいあるのだろうか、と思っているのではないか？ 定州鉱山はわが国に莫大《ばくだい》な富をもたらし、われわれはその富を国家の安全を確保するために必要としている。とはいえ、わたしは性急に事を推し進めたいとは思わない。きみがやらなければならない仕事がいくらかあるということも、わたしは知っているからだ」崔は顔を上方へ向けて虚空《こくう》に目をやった。何やら考えているようす。「きみにこの大儲《おおもう》けできる定州鉱山の操業を開始してもらう期限だが……」

黄には、崔が〝期限〟を虚空からつかみとろうとしているかのように見えた。といっても崔は、操業までもっていくのにどれほど複雑な奮闘努力が必要になるかということについても、レアアース鉱石の採掘と製錬になくてはならない諸々《もろもろ》のものについても、ほんのわずかな知識さえないようだった。他の国々がレアアース産業を生み出すのに何十年もかかったことを黄は知っていたが、崔がそれほどの期間を与えてくれるとは思えなかった。せめて「一〇年から一五年」という期限が最高指導者の口から出るのを期待した。

ところが崔は「一八カ月以内」と言いはなった。

禿頭《とくとう》の男は意気消沈した。が、なんとか頑張って表情を変えなかった。ただ、下唇がかすかにふるえた。たったいま与えられた任務を遂行するのは不可能だったが、この件に関してこれ以上議論できないことは黄にもわかっていた。〈大元帥〉がいちど口にしたことは絶対なのだ。

黄珉鎬は〈大元帥〉を敬愛していた。国家と両親が力を合わせて彼の洗脳に成功したからである。黄は自分が崔智勲へいだく献身的愛情を疑問に思うことさえできなかった。だがそれでも、崔がいま口にした期限は狂気の沙汰《さた》としか思えなかった。

ほんの少しためらっただけで、黄珉鎬は言った。「はい、わかりました。わたしは朝鮮天然資源商事の新社長として、決然と奮闘努力し、かならずや大いなる成功を勝ち取ることをお約束いたします」そして言い添えた。「以後もひきつづき御助言をいただければ、まことに光栄に存じます」

崔智勲は心底満足したと見えるような笑みを浮かべてうなずき、立ち上がった。

黄珉鎬も急いで跳ねるように立ち上がり、例によって思い切りにこにこしながら頭を何度も下げつづけた。その完全従属の仕種は、きっかり一八カ月後に眼前のこの男の命令によって自分は強制収容所へ送りこまれるのだと確信できたがゆえに、いっそう卑屈なものになった。

# 9　現在

ジャック・ライアン・ジュニアは漆黒の闇のなかで目を覚ました。眠りすぎたのか目はどんよりと重く、頭も痺《しび》れたようになっていて、自分がいまどこにいるのかさえ見当もつかない。すぐそばの窓を打つ雨の音が聞こえる。ジャックは頭をなんとか回転させ、眠りこむ前のことを思い出そうとした。

《どうも時差ぼけのようだな。今回おまえはどこへ行っていたんだ、ジャック？》

えらく疲れていたので、記憶はひとつひとつゆっくりとよみがえってきた。ヴェトナム、ヘイゼルトン、オートバイ、死臭ただよう飛行機での帰還、地球を半周しての帰国、昨夜ボルティモア・ワシントン国際空港に着陸したあとの疲労困憊《こんぱい》。

そこまで思い出して、やっとわかった。自分がいまどこにいるのかを。

自分の部屋にいるのだ。ここは新居――ヴァージニア州アレクサンドリア旧市街《オールドタウン》にあるポトマック川を見晴らす現代的なコンドミニアム。だが、ここのところジャックは旅ばかりしていて、この自宅にまだまるで慣れていなかったので、自分のいる場所がどこだかわかるのに少々時間を要したのだ。ようやくベッドから起き出して、暗闇のなかでも正しい方向へ行けますようにと祈りながらキッチンのほうへ歩きはじめた。

ジャックがオロノコ通《ストリート》りにあるこのコンドミニアムを買ったのは六週間前のことだったが、いまだに入居したばかりのように思えていた。ジャックは何週間ものあいだ世界中を飛びまわって、スパイ活動に役立つ高度な技術をいくつも学び、現場活動のためのトレーニングを受けていたのだ。そして、つい先週、特別任務を与えられ、ドミニク・カルーソーをのぞく他の〈ザ・キャンパス〉工作員全員とアジアへ急行した。だいぶ前に引っ越したのに、アレクサンドリア旧市街のこの部屋にはまだ六、七泊しかしてないと自分でもわかっていた。だから、世界半周の空の旅をしてくたくたになったあと、朝早く目を覚まして自分がどこにいるかわからなくなっても、たいして驚きもしなかった。

頭のなかにかかる靄《もや》を取り払おうと、ジャックはコーヒーマシンにポッドをセットし、ウォータータンクに水をそそぎ、スイッチをポンと入れ、コーヒーカップを抽出口の下においた。目を閉じて立つジャックのかたわらで、コーヒーマシンがカップのなかへ熱い黒色の液体を注入しはじめた。ジャックはいささかコーヒーにうるさくなっていて、味覚コンテストではポッド・コーヒーはリアル・コーヒーにとてもかなわないとわかっていた。しかし、スピード・レースとなるとポッド・コーヒーのほうが大差で勝利する。

ジャックは暗いキッチンのなかに立ったまま、抽出されたばかりのブラック・コーヒーを飲んだ。熱くて喉《のど》の奥がヒリヒリしたが、頭へのカツが必要だった。これから仕事に出かけなければいけないというのに、頭はまだアジアのどこかにいるようだったからである。

雷鳴が窓外の街中《まちなか》に轟《とどろ》いた。ジャックはシャワーを浴びようと上の階へもどっていった。

ジャック・ジュニアは数年間メリーランド州コロンビアのアパートメントに住んでいた。ここヴァージニア州アレクサンドリア旧市街に引っ越したのは、所属する会社の社屋がそこに移ったという単純な理由による。ヘンドリー・アソシエイツ社の社屋は数年のあいだワシントンDCの北に位置するメリーランド州ウエスト・オーデントンにあったのだが、何カ月か前に中国の特殊機関に〈ザ・キャンパス〉の存在を知られたため、そのオフィスビルは閉鎖されてしまった。中国の特殊部隊チームに襲撃され、社員数人が殺され、いちおう敵を撃退しはしたものの、それ以上の秘密漏洩《ろうえい》をふせぐために、〝ホワイト・サイド〟のヘンドリー・アソシエイツ社も〝ダーク・サイド〟の〈ザ・キャンパス〉もそこでの活動を停止したのである。

ジェリー・ヘンドリーはその後の数カ月の大半を費やして新たなスペースを探しまわり、ようやくアレクサンドリア旧市街の建物を新社屋とすることに決めた。そしてそのヘンドリー・アソシエイツ社の新社屋は、ノース・フェアファックス通《ストリート》りにある煉瓦《れんが》造り四階建てのフェデラル・スタイルの建物で、そこからはポトマック川を見わたせ、遠くにワシントンDCのスカイラインも望むことができる。そこはヘンドリーが必要とするものをすべて備えた申し分のない建物だった。もともと退役アメリカ陸軍将軍が経営する政府課報部門業務請負企業《ガヴァメント・インテリジェンス・コントラクター》の本社として建てられたのだが、元将軍はそこから出てD　C《ディストリクト》内にオフィスを移したのである。

ジャック・ライアン・ジュニアは仕事に行くため、チャコールグレーのピンストライプのスーツを身につけ、赤いシルクのネクタイを結んだ。このフォーマルな服装は、顎《あご》を厚くおおう黒っぽい鬚《ひげ》と、襟まで伸びる長めの焦《こ》げ茶の髪とはややちぐはぐなのだが、ジャックにとっては洗練された見栄《みば》えよりもこの顎鬚と長い髪のほうが重要だった。父親がアメリカ合衆国大統領なので、その息子だと気づかれて注目されるのを避けるためなら自分にできることは何でもするという気持ちになって努力しているのだ。そしてその〝任務〟にほぼ成功してきたと言ってよい。なにしろ、この数カ月間、だれかが近づいてきて「あなたは大統領の息子さんのジャック・ライアン・ジュニアですね」と言ったのは、たったの二、三回しかないのだ。

姿見でスーツに糸くずがついていないかチェックしてからジャックは、ナイトテーブルまで歩き、目覚し時計のそばの夜の置き場所にあった黒革のホルスターから黒い拳銃《けんじゅう》をつかみとった。そしてそれをズボンのウエストバンドの右側に挟みこみ、次いで拳銃の予備弾倉《マガジン》一個がおさまる革の小型ポーチを左側に装着した。

〈ザ・キャンパス〉工作員たちがヴァージニア州への社屋移転を喜んだ理由がいくつかあるが、拳銃の携行が合法で簡単にできるというのも、ここへ引っ越して得られた大きな特典のひとつだ。隣接するワシントンDCやメリーランド州では、銃の規制がずっと厳しく、とてもそうはいかない。ジャックが現在愛用して通常携行している拳銃は、これといった特徴のない自動拳銃、ずんぐりした黒色のオーストリア製グロック19で、そこには9ミリ口径ホローポイント弾一六発が装塡《そうてん》されている。それは外側にマニュアル安全装置《セイフティー》レバーといった余計なものがごたごた付いていず、扱いが簡単で使い勝手がよい。装弾さえしておけば――自衛目的で銃を携行しているのなら当然、装弾はしている――引き金《トリガー》を引くだけでいつでも発砲できる。発砲を遅らせる余分なレバー、スイッチ、ボタンはいっさいない。

自分はなによりもまず情報分析員であり、銃で戦う現場要員としての活動は二次的なものである、とジャックは考えていたが、〈ザ・キャンパス〉入りしてからの数年間に銃撃戦に参加したことが何度もあった。それは職務に付随するものであったので、拳銃を持って出かけられるときはいつもそうしていた。

ジャック・ジュニアは屋根付きの裏のテラスで傘をパッとひらき、裏口に鍵《かぎ》をかけると、バックパックを背負い、裏庭のゲートを抜けて専有スペースの外に出た。そして庭内路《ドライヴウェー》にとめてある愛車の黒いメルセデスEクラスの前を通りすぎ、そのまま通りに出て歩きつづけた。

ジャックは徒歩通勤を楽しんでいた。環状高速《ベルトウェー》内の首都圏で歩いて仕事場に通えるなんて贅沢《ぜいたく》の最たるもの、この世で見つけられる〝天国にいちばん近いもの〟だ。ほら、雨降りでも朝の首都圏はすでに慌《あわ》ただしい動きを見せ、車道はもう渋滞しはじめている。

一〇分後、ジャック・ジュニアはヘンドリー・アソシエイツ社の玄関口で傘を振って雨滴を落とし、防弾ガラス製のドアの前に立って、なかにいる四人の警備員のうちのひとりが開錠ボタンを押してくれるのを待った。警備員の操作で、ブザーが鳴ってドアがひらかないと、外にいる者はロビーに入れない。

ヘンドリー・アソシエイツ社が警備要員として雇っている一二人の男たちはみな武装していた。全員がトップシークレット秘密情報取扱資格《セキュリティ・クリアランス》を有する元ＣＩＡ準軍事部隊員で、民間部門の現場警備にあたる契約を結んでいた。彼らは警備対象が秘密情報組織の一種であることは承知していたが、それ以上のことを知ってはいけないことも心得ていた。ただ、現在の職業に大いに関係する興味深いことがひとつあって、そのことは頭に入っていた。それは、アメリカ合衆国の現大統領の息子が、分析員としてこの会社で働いているということだ。そしてそのジャック・ジュニアは毎朝、八時に出社する。もちろん、出張中を除いて。大統領の息子にこの組織の現場仕事をこなす能力があるのかどうかということは誰にもわからなかったが、そもそも、この社屋の最上階にいる男たちがしている仕事が正確にどういうものなのか、警備を担当する者のひとりとして知らないのだから、そんなことを気にしたところで仕方ない。彼らはただ、ＰＯＴＵＳ《ポータス》（アメリカ合衆国大統領）の息子はときどき、ジェリー・ヘンドリーのために金融・証券関係の分析のようなことをする必要があって現場に出ていかざるをえないのだろう、と推測するしかなかった。

ヘンドリー・アソシエイツ社の警備部の長は、陸軍レンジャー連隊に所属していたこともある四七歳になるブライス・ジェニングスという名の男だった。ジェニングスは秘密施設警備の世界に精通していた。彼は陸軍を除隊したあと、CIA入りして一〇年間、CIAの秘密施設《エージェンシー》の警備にあたった。そしてその間、バグダッドでは爆弾攻撃を受け、カブールでは銃弾を浴びせられ、イエメンの首都サナアおよびマニラ近郊ではCIAのSMC（特殊任務施設《スペシャル・ミッション・コンパウンド》）を制圧しようとした敵部隊を撃退し、チュニスでは市警の警部が銃を突きつけて拉致《らち》しようとした駐チュニジア・アメリカ大使を救出するのに一役買った。

ジェニングスはこのようにCIA要員としてさまざまなことを経験してきたが、このたびそうした仕事をやめるにあたって、ためらいなどまったくなかった。アメリカにもどれ、妻や幼い娘と過ごせる時間がぐんと増えるとわかっていたからだ。彼はアメリカ本土にもどってこの新しい職につくというチャンスに飛びついたが、ジェリー・ヘンドリーに厳かにこう誓った――ヴァージニア州アレクサンドリアのこの建物の警備にも、エジプトのアレクサンドリアにいるときと同じ真剣さで取り組みます。

すぐにブザーが鳴ってドアがひらき、ジャック・ジュニアは小さなロビーのなかに入り、傘を傘立てに突っ込んだ。

ブライス・ジェニングスはエレベーターわきのデスクにいた。「おはよう、ジャック」彼は最初の五、六日、挨拶のときにジャックをミスター・ライアンと呼ぼうとしたのだが、そのたびに呼びかたを直された。結局、ジェニングスは折れて、いまではただジャックと呼ぶ。

「やあ、ブライス」ジャック・ライアン・ジュニアは返した。「雨が上がったら、今夜はナッツ-フィリーズ戦ですね」ジャックもジェニングスもMLB（メジャーリーグ・ベースボール）が大好きだった。

「そのとおり。観《み》にいきますよ。ここのところフィリーズは打撃が好調ですが、こちらのマウンドにはゴンザレスがいますからね。問題ありません」

ジャックはオリオールズ（ボルティモア・オリオールズ）ファンだったが、ジェニングスがナッツ（ワシントン・ナショナルズ）の熱烈なファンであることも、彼が非番のときに試合があるときはかならず六歳になる娘を連れて球場へ応援に行くことも、知っていた。

ジャックはエレベーターへ向かって歩いていった。「幸運を祈ります、今夜のところは。でも、土曜はオリオールズとのダブルヘッダーですからね。まあ、せいぜい雨が降るように祈ったほうがいいですよ」

ジェニングスは目をすうっと細めて真剣なふりをした。「なんで地元チームを応援しないんですか、まったく。あなたの親父《ダッド》さんも」

ジャックはエレベーターのなかに入ると、クルッと体を回転させてジェニングスのほうを向いた。「ですから応援しているんです。DCはわたしにもダッドにも地元ではないんです、ブライス」

ジェニングスが首を振ったときエレベーターのドアが閉まった。

中国の特殊部隊チームの襲撃を受けたあと、民間秘密情報組織〈ザ・キャンパス〉はさらに一段と少数精鋭化を推し進め、オフィスもそれを反映したものとなった。新社屋で働く男女は七五人にもとどかず、その半数はもっぱら〝ホワイト・サイド〟の金融取引をおこなう人員だった。ビルの一、二階はすべて、その金融取引業務にあてられ、三階には金融取引部門《ホワイト・サイド》と秘密作戦部門《ダーク・サイド》の双方の情報技術を担当するIT部が入り、さらに会議室や小さな休憩室もある。そして最上階の四階に、複数の部屋からなるジェリー・ヘンドリーの大きな執務室と、〈ザ・キャンパス〉のオフィス。装備品ロッカー、専用の大型汎用コンピューター《メインフレーム》、および〈ザ・キャンパス〉のオペレーションズ・センターは、安全を確保できる地階に収められている。

ジャックの乗るエレベーターは二階でとまり、ギャヴィン・バイアリーが乗りこんできて三階のボタンを押した。ギャヴィンは〈ザ・キャンパス〉のＩＴ部長だ。作戦実行を担当する工作部の人々はできれば認めたくないと思っているが、〈ザ・キャンパス〉は彼なしでは存在しえないと言ってもいい。

「おはよう、ギャヴ」

「お帰り、ライアン。みなさん、すてきな休暇を楽しめたのかい？」

通常、ギャヴィンはここヴァージニアのオフィスにならぶ多数のコンピューターを駆使して〈ザ・キャンパス〉の作戦を支援するが、今回のヴェトナムでの作戦は急遽《きゅうきょ》、実行せざるをえなくなったもので、彼はまったく参加していなかった。それでもギャヴィン・バイアリーは〈ザ・キャンパス〉工作員たちに起こったことは何でも知ってもよいことになっていた。だから今回の作戦についても秘密にしておく必要はないとジャックにもわかっていた。

ジャックは答えた。「いやはや最高の休暇でしたよ。われらの監視対象が目の前で殺されてしまったんですから。ディングとサムは銃弾を浴びるし、ジョンは男をひとりレンタカーでぺしゃんこにしてしまうし。そちらの週末はどうでした？」

チンという音がしてエレベーターがとまった。ギャヴィンのＩＴ部がある階でドアがひらいた。彼はジャックの話が冗談なのかどうか判じかねて、口を半びらきにしたまま突っ立っている。

ようやく言った。「残念、わたしも参加したかったなあ」

ギャヴィンは〈ザ・キャンパス〉で働きはじめてから何度か工作員チームといっしょに現場に出たことがあった。コンピューターによる作戦支援を受け持ったのだ。そして、現場仕事にちょいと参加しただけなのに、自分を一人前のスパイのように思いこんでしまった。ほかのチーム仲間はみな、これが可笑《おか》しくてしかたない。とはいえ、〈ザ・キャンパス〉のこのコンピューターおたく《ギーク》が現場で称賛に値する仕事をしたこともまた確かなのである。

「降りないんですか、ギャヴ？」ジャックは言った。

「降りるよ」ギャヴィンは答え、三階の廊下へと歩み出ていったが、なお、ジャックにからかわれているのではないかという疑念が消えず、いったい海外での作戦で何があったのだろうかと思っていた。

ジャックは四階の自分のオフィスへ向かった。とりあえず、そこに鞄《かばん》をおいてキッチンへ行くつもりだった。ところが、廊下を歩いていくうちに、自分の机の端にだれかが座っているのに気づいた。近づいてよく見ると、従兄《いとこ》のドミニク・カルーソーだった。ドミニクの顔を見るのはほぼ三カ月ぶりのことだった。ドミニク・カルーソーもジャック同様、〈ザ・キャンパス〉の工作員だったが、工作員はみな交代で、仕事から離れて世界中さまざまなところへおもむき、各人に適した専門訓練を受けることになっていた。ドミニクの場合、今回ほかの者たちよりも長い修行の旅に出ていて、ジャックともこの数週間、電話もメールのやりとりもしていなかった。

二人はハグした。「やっぱり嬉《うれ》しいね、再会は、従弟《カズ》！」ドミニクは言った。ハグのあと、胸と胸をドンとぶつけ合った。戯《たわむ》れにはじめた他愛ない友愛の表現。「いやあ、こちらもね。それにしても、ドム、ずいぶん長いこと訓練に励んでいたじゃない。おれとほかの仲間が現場でしこしこ働いていたときに、そちらはどこかの柔らかい快適な柔道マットの上を転げまわっていたというわけね」

ドミニクは小首をかしげた。「あれっ？　ジェリーから聞いていないの？」

今度はジャックが小首をかしげる番だった。「何かあったの？　聞かせて」

ドミニクはためらった。結局、こう言った。「まあ、いいじゃないの。ジェリーが話していないということは、きみたちは知る必要がないということ」

実は、ドミニク・カルーソーはこの数週間、単独である闘いを繰り広げていたのである。インド半島から中央アメリカ、次いでヨーロッパへと飛び、アメリカに壊滅的な打撃を及ぼしうる漏洩情報がイランの手に落ちるのをふせごうと孤軍奮闘していたのだ。他の〈ザ・キャンパス〉工作員たちはその闘いにはいっさい係わらなかったが、いまのいままでドミニクは、自分が危険な闘いに巻きこまれてしまったことを他の者たちが知らされもしなかったとは思いもしていなかった。

むろんジェリー・ヘンドリーは知っている。だが他の者たちには知らせずにおこうと判断したのだろう、とドミニクは思った。作戦関連セキュリティというわけか。そう説明するヘンドリーの声がすでに聞こえるようだ。それなら納得がいく。ただ、それでさらに、今回の闘いでは独りぼっちで窮地に追いこまれ苦しみもがいたという思いが強まる。

ジャックは言った。「そりゃそうだ。習得した面白いこととかってある？」

「そのうち話すよ」ドミニクは返したが、ほんとうに話すかどうかまだわからなかった。「きみたちは仕事に行っていたんだってね。何かすごいことあった？」

ジャックは肩をすくめてから、腕を従兄の肩にまわした。「コーヒーでも飲もう。詳しく話すよ」

ジョン・クラークは八時ちょっと過ぎに四階の自分のオフィスに着いた。ブリーフケースを置くやいなや受話器をとり、廊下をすこし行ったところにあるジャック・ライアン・ジュニアの部屋に電話した。

呼び出し音が二度鳴ったところでジャックが応《こた》えた。「はい、ジョン」

「ドムがそこで油を売っていると思うが……」

ジャックは笑いを洩《も》らした。「積もる話もちょっとあるんで」

「なるほど。それはあとにして、いますぐドムをこちらへよこしてくれ」

「わかりました」

一分後、ドミニク・カルーソーがクラークの部屋に入ってきて、ドアを閉めた。二人は握手した。

クラークは言った。「きみには帰国前に電話するつもりだったんだが、先週、非常事態になって特急でやらねばならない仕事ができてな」

「ええ、聞きました。詳しいことはまだ何も教えてもらっていませんが、ジャックも参加したんでしょう。ただジャックはわたしがしたことについては知らないようです」

「ジェリーとおれは現場仕事の一部も〈区画化〉することに決めたのさ。きみは今回の仕事を単独でおこなった。ある工作員が単独で現場仕事をこなした場合、その内容を他の工作員が知る必要はない」

ドミニクは言った。「はい、わかります」

「よし」一件落着。これでドミニクは自分の単独作戦を仲間にもしゃべらない。「気分はどうだ？　すぐ仕事に戻れるか？」

「もちろん。いつでも戻れます」

クラークはつづけた。「まずはヴェトナムで起きたことをきみに詳しく話さんと。午前九時に会議があり、そこでその件に関するさらなる〝前進命令〟が出るかもしれない」

ドミニクは椅子《いす》を引き寄せた。「では、聞かせてください」

# 10

## 一年前

装甲仕様の高級車五台の車列が龍城《リョンソン》官邸（55号官邸）敷地の外の周辺部にある検問所に到着した。そこは一時間前に国有鉱業会社の黄珉鎬《ファンミンホ》社長が通過した検問所だ。先頭の車に乗っていた者が証明書のようなものを軍服姿の警備官に手渡し、すぐに五台の車はふたたびアスファルト舗装道路を走りはじめた。道路に他の車はほとんどなく、五台の高級車は朝鮮天然資源商事社長の車列よりもずっと速いスピードで走っていく。そして、さらにいくつかの検問所を徐行することもなく軽快に通過し、目的地へ向かって樹木におおわれた丘陵をのぼっていった。

車列は55号官邸の玄関先でとまり、五台の車から総勢一八人の男たちがいっせいに吐き出された。全員、朝鮮人民軍《チョソン・インミングン》の将校であることを示すグレーの軍服に身をつつんでいる。ここで再度、彼らが正式の来訪者であることが、かなりの規模の武装警備部隊によってチェックされた。ただ、その確認作業はごく短時間で終わり、すぐに彼らは玄関ドアを抜けて官邸のなかに入っていった。

そしてその一団の真ん中にいたのは、胸いっぱいに勲章をつけた五二歳になる李《リ》泰鎮《テジン》中将。将軍は誇らしげに、顎を突き出し、肩をうしろへ引いて歩いていく。顔は能面のようで、そこからは何の感情も読み取れないが、観察力の鋭い者なら、表情を押し殺した眼差《まなざ》しのなかに悲しみの気配があるのに気づくだろう。

引き連れてきた者たちのうちの六人は玄関ホールにとどまった。彼らは護衛としてついてきただけで、今日のお目通りの場には必要ではないのだ。そしてさらに六人が、もうすこし奥まで進んだところで足をとめ、そこにあった部屋に入っていった。将軍が〈大元帥《デウォンス》〉に謁見《えっけん》するのに合わせて、この官邸で朝鮮労働党中央委員会政治局の局員たちと会議をひらき、必要な協議をするためだった。残りの五人が李《リ》中将につきしたがって警備兵に護《まも》られたドア口をもうひとつ抜け、最高指導者の居住区へと向かった。

将軍と五人の取り巻きはひとつづきの階段をのぼり、長い中央通路に入った。ここで李は壁の時計をチラッと見やり、〈大元帥〉にお目通りする時間通りであることを確認した。ということはたぶん、あと一時間ほど座って待つだけでよい。崔智勲《チェジフン》の父親も時間を守る人ではなかったが、息子の智勲は人を待たせることに特別な喜びを感じているようだった。

中央通路の半ばで、李将軍とその取り巻きは、最高指導者の居住区から出て近づいてくる少人数の平服姿の男たちに出遭った。それは五人の男のグループで、官邸の若い美人接客係のひとりに先導されていた。李中将はどの男がいちばん偉いか瞬時に見抜いた。接客係がその男にだけ話しかけ、他の男たちは彼のうしろについて歩くだけだったからだ。すれちがいざま、将軍とその男の目が合った。李は素早く観察した。頭の禿《は》げた小柄な男。年は自分よりも二、三歳上。

李将軍はその男がだれだかわからず、狼狽《ろうばい》した。最高指導者に謁見してきたばかりであるにちがいない男がだれだかわからないとは！　将軍でもない者が、〈大元帥〉に話を聞いてもらえるのだから、この禿げ頭男は絶対に重要人物なのである。軍人でさえないとしても、それは何の弁解にもならない。この男に関する情報をまったく知らないというのはやはりまずい。

李は任命されたばかりとはいえ対外情報機関・朝鮮人民軍偵察総局の局長だった。とはいっても、55号官邸を訪問する者の素性をすべて知っているわけではない——そういうことは対内情報機関（秘密警察）である国家安全保衛部の仕事なのだ。しかし、朝鮮人民軍の将軍である以上、巧みな政治的関係を築く責任がある。だから李は、平壌《ピョンヤン》——この国の政府——の重要人物を全員知っているはずだった。

それなのに、この小柄な男を知らない。

李将軍は歩きながら頭をかしげて補佐官のほうを見やった。補佐官は何も言われなくても応えた。将軍が何を知りたがっているかわかったからだ。

補佐官は小声でそっと言った。「黄珉鎬です。先週、朝鮮天然資源商事の社長に任命されたばかりです」

李はそんなことは先刻承知だと言わんばかりにうなずいた。黄《ファン》という名前は聞いて知っていたし、彼が社長に任命されたことも知っていた。黄の前任者を自宅の寝具から引きずり出して連行し、ヘリコプターで教化所へ送りこめ、という命令が下されたことも耳にしていた。そいつは六週間以内に死亡するな、と李は推測した。《教化完了》と李は歩きつづけながら思った。

そして将軍は新社長の黄はどんな男なのだろうかと考えていた。「黄珉鎬のファイルが欲しい。国家安全保衛部に回してもらえ。適当に理由をつくって」声がフローリングの床にあたって反響した。一人の男とひとりの女の足音があたりに響きわたっていなければ、李将軍の声は黄の耳にも達していたかもしれない。

二、三分後、李《リ》将軍は残りの取り巻き五人をおいて、ひとりで金ぴかの執務室に入り、椅子に腰を下ろした。ほかにだれもいなかった。崔智勲《チェジフン》がこうした執務室を一〇室ほど持っていることを李は知っていた。それらは国中に散らばる一〇ほどの官邸や私邸のなかにある。李はここや同様の執務室でおこなわれた会合に何度も出席したことがあったが、今日のようにひとりきりで待たされるということはいままでに一度もなかった。

妙だな、と思ってはいた。

なぜ今日ここに来るよう命じられ、さらに補佐官たちからも引き離されてしまったのか、その理由が李にはわからなかった。単なる儀礼なのかもしれない。つまりこれは偵察総局長就任式のようなものなのではないか？　李はそう思いはしたものの、それはありそうもなかった。もしそうだとしたら、式に立ち会う随行員や速記者やカメラマンがたくさんいるはずだからである。

だからこれは何か別のことなのだ。では、何だというのか？　李は四半世紀以上ものあいだ軍事諜報《ちょうほう》活動に従事してきたし、きわめて優秀な男でもあったが、いますぐには納得のいくシナリオを思いつくことができなかった。

これから拝謁することになっている男は、この国のどんな国民の生死をも決定できる権力の持ち主ではあったが、李は自分のことは少しも心配していなかった。殺すと決めた男に崔智勲その人が直々に会うということは絶対にないと李は知っていたからである。

そうしたことはすべて代理人がおこなうのである。李泰鎮《リテジン》はみずからその代理人になって辛《つら》い思いをしたことがあるので、よく知っているのだ。

李泰鎮《リテジン》中将は偵察総局の局長に就任して一週間のあいだに、最高指導者の命令をきっかり二つ、側近を通じて受け取った。

そのひとつは、李《リ》みずからが前任者の逮捕を執行せよ、というものだった。彼は不本意ながら命じられたとおり実行した。前任者の姜《カン》将軍とは一〇年以上もいっしょに仕事をしてきた仲であり、李はその高齢の将軍がとても好きだった。

姜が犯した〝罪〟は、先日起こったばかりの長距離弾道ミサイル発射実験の失敗だった。ついこのあいだ日本海上空で爆発したもののようなＩＣＢＭ（大陸間弾道ミサイル）の開発責任は朝鮮人民軍ミサイル指導局にあり、姜将軍の偵察総局がミサイル発射実験に直接関与することはなかった。ミサイル指導局の幹部数人が逮捕された。だが、今回は偵察総局も巻きこまれてしまった。フランスの航空宇宙会社のコンピューター・ネットワークに侵入してミサイル誘導システム用ソフトウェアを盗み出そうとする偵察総局の長期計画が、最近、失敗に終わってしまったからである。崔智勲《チェジフン》はそれをもミサイル発射実験失敗に結びつけ、ミサイル指導局および偵察総局の局長を更迭《こうてつ》して辱《はずかし》めるよう命じたのだ。

崔《チェ》からのもうひとつの命令は、同じ日、ひとつめのあとしばらくして届いた。それは最高指導者から李への短い直接命令書で、内容は「姜将軍を二四時間以内に処刑し、恥ずべき失敗の責任をとらせよ」というものだった。

そして命令書のいちばん下にひとつの単語が付け加えられていた。

それは処刑方法を指定する言葉。

《犬》

李は愕然《がくぜん》とし、吐き気をもよおした。力なく命令書を指先でつまんだまま、一五分間ひとりで執務室の椅子に茫然《ぼうぜん》と座りつづけた。電話が鳴り、ようやく我に返った。それは最高指導者府に所属する崔智勲の側近中の側近からの電話だった。彼の言葉には〈大元帥《デウォンス》〉の命令と同じ重みがあった。その彼が、命令は理解できたのか、と訊《き》いたのだ。

その点に問題はまったくなかった。李は命令を完全に理解できた。自分の師をこれから飢えた七匹の犬に食い殺させなければならない、ということだ。清津《チョンジン》の管理所（政治犯収容所）にはその処刑を実施できるように専用の犬が飼われている。命令は超特急で実行に移されます、と李は崔の側近に確約した。

だが、電話はそれで終わらなかった。崔の側近は李にこう指示したのだ——処刑が指定された方法で確実に執行されるように、一部始終を自分の目でしっかり見とどけるようにせよ。

わかりました、そのようにいたします、と李は応えた。だが彼は、自分が清津までおもむいて友でもある師が恐ろしい死にかたをするのを間近で見なければならない本当の理由も知っていた。自分が恐怖の処刑を見ることを強いられるのは、新局長には奮起をうながす必要があり、その最良の方法は、責務を果たせなかったらどうなるかを、あらかじめつぶさに見させておくことだと、崔智勲とその側近たちが判断したからなのだ。

北朝鮮の対外情報機関の新局長に衝撃を与えて発破をかけるには、これくらいのとんでもない量の恐怖が必要になるのである。ともかく、七匹の犬どもが歯を軋《きし》ませて前局長を食い殺した日以来、今日までの一週間、李泰鎮中将は悪夢となって繰り返しよみがえるそのときの光景に苦しめられた。ただ、夢のなかでも彼は決して〝闘犬場〟のなかにはいなかった。職務を遂行する能力なしと崔智勲に判断されてしまえば、自分が犬に食い殺される側になることも大いにありうるのだが、夢のなかでも李はいつも処刑に立ち会う側だった。

悪夢は現実に起こったこととほぼ同じだった。

こうして最高指導者の金ぴかの公式執務室のなかにひとりで座っていると、あの〝闘犬場〟の光景がどうしても李の脳裏によみがえり、次いでそのあとの戦慄《せんりつ》せずにはいられない惨劇も思い出された。姜の処刑後まもなくして、将軍の家族も処刑されたという事実が偵察総局にも伝わったのだ。姜の妻、三人の成人した子供、その妻たち、さらに息子夫婦の幼い子供たちさえ、清津の管理所に連れていかれ、真夜中に銃殺されてしまったのである。処刑に先だって、いかなる罪状も読みあげられず、なぜ殺されなければならないのかという説明も一切なかった。

李はこの国の体制についての不純な考えを頭から追い払うのに苦労したが、〈大元帥〉一行が執務室に入ってくると、そんな考えはたちまち消え去った。まず速記者、側近の将軍たち、そして警護官が部屋に入ってきて、最後に〈大元帥〉その人が入ってきた。崔智勲は一方の手にコニャックの入ったブランデーグラスを、もう一方の手にハンカチを持っていた。身につけているのは黒の人民服。崔は純粋に軍事的な行事の折りには軍服を着ることもあったが、それ以外でほかの服装をしている最高指導者を李は見たことがなかった。李は崔の目がいつものようにめまぐるしく動きまわっていることにも気づいた。視線は部屋中を駆けまわり、正面の李将軍に向けられていたかと思うと、次の瞬間、さまざまなものへとでたらめに移動していく。それは置時計へ、そして水差しへ、さらに壁にかかる父親の肖像画へと移っていった。

崔智勲はいきなり切り出した。「フランスからミサイル誘導システム用ソフトウェアを得る作戦が失敗した件には、きみはまったく係わっていない」

問いなのかどうか李にはわからなかった。ともかく首を振った。「はい、まったく、〈大元帥〉様。わたしは偵察総局のサイバー作戦にはまったく係わっておりませんでした」

そのへんのことは、崔はすでに知っているようだった。「姜将軍の失敗で、きみが不安になる必要はまったくない。わたしはきみに全幅の信頼を寄せている」

李は四度お辞儀をして最高指導者に感謝の意を表した。崔智勲は自分に向かって頭を下げる李泰鎮を見て満足したようだった。

崔は言った。「ミサイル指導局がたるんでいるのだ。それはそうなのだが、姜将軍は手助けできる機会があったのに、それに失敗した」

李はこれにどういう反応をして見せるのがよいのかわかっていた。彼は声を大きくして熱烈に同意した。

崔はグラスのなかのコニャックを見やり、言った。「わたしには重責があるのだ……わが父のように、そしてわが祖父のように、わたしには歴史を鋭く読んで教訓を得る能力がある」

「それはみなが知っていることでございます、〈大元帥〉様」

「ウクライナ、リビア、イラクで起こったことには心底、衝撃を受けた。それらの国は最強兵器を放棄したにもかかわらず、他国と良好な関係を築くという見返りを得られなかった。そう、その三国は取るに足りない存在、子羊になっただけなのだ」

「はい、そのとおりでございます」李は返した。《なるほど、そうか、今日は要するに、ミサイル指導局の問題を話し合うということなのだな》

崔はコニャックをひとくち飲んだ。「われわれはもっと高性能なロケットを製造しなければならない。もっと遠くまで飛べて、もっと信頼性のあるやつだ。開発しなければならんのだ！　開発、開発、開発だ！」

「まったく同感であります」李は言った。言うまでもないが、崔はその言葉を聞くことに慣れきっていた。どのような話題であっても、その言葉が返ってくることが圧倒的に多いのだ。崔智勲が「それには賛成しかねます」という返答を最後に聞いたのは九歳のときだった。

崔は話をつづけた。「プルトニウム型原爆はすでに保有している。ウラン濃縮作業は向上しつつある。核爆弾を小型化して弾頭にすることもできた。わが国は核破壊力を手に入れた。だが、その破壊力を敵国に送りこむ運搬装置がまだない。われわれには核弾頭を撃ちこめる弾道ミサイルがどうしても必要なんだ」

これには李も驚いて小首をかしげた。「ノドン・ミサイルが最新の実験で非の打ちどころのない性能を発揮したと聞いておりますが。しかし、わたしは偵察総局の仕事に没頭していまして、そちらの方面には目を向けておりませんでしたので……わたしは誤った情報を耳にしてしまったのでしょうか？」

崔は李の言葉を振り払うかのように片手を振った。「ノドンの射程は九〇〇キロだ。それでは単なる防衛兵器にしかならない。たしかにソウルならノドンで跡形もなく破壊できる。だが、それではアメリカの攻撃からわが国を護ることはできない。アメリカは北朝鮮を壊滅させるためなら喜んで韓国を犠牲にする。だから、アメリカ本土に到達できるミサイルが必要なんだ。テポドン2号はいまだ運用可能とはなっていない。ミサイル指導局は早急に運用できるようにすると言っているが、わたしにはすぐにそうなるとは思えない」

この国の軍幹部たちは〈大元帥〉からさんざん叱《しか》りとばされているのだろう、と李は思った。だが、幸運なことに、自分も配下の偵察総局も、弾道ミサイル開発の責任を負わされていない。

ただ、それがいまや変わろうとしているのではないか、と李は恐れた。だとしたら、不運だと言わざるをえない。

崔智勲は身を乗り出した。「わが国の軍および科学者は、必要な技術をわれわれに提供できずにいる。わたしはそれをきみに獲得してきてほしいのだ」

李の頭に、国連による核拡散防止のための制裁措置が浮かんだ。黄海でも日本海でも、事実上の海上封鎖がおこなわれ、船舶の積み荷が検査されている。欧米が北朝鮮にひそかに運びこまれる恐れがあると考える、軍事転用可能な民生品をも含む、ミサイル製造関連全品目の製造および販売も厳しく規制されている。

要するに、自分の行く手をはばむ何十もの障害が次々に頭に浮かんできた。

だが彼にはひとつの答えかたしかできなかった。「はい、承知いたしました、〈大元帥〉様。わたしは失敗しません」

「きみには三年与える」

いまや李の頭のなかには清津の七匹の犬の映像が浮かんでいた。あいつらは姜将軍を食いつくして、早くもまた飢えはじめているのだろうか、と李は思った。

「三年？　三年のあいだにわたしは……」

「三年以内に、ミサイル指導局と協力してテポドン2号を運用可能にするのだ」

李将軍の額に浮き出た紫色の静脈が二、三度、脈打った。だが、それだけで、彼はあからさまな反応を示しはしなかった。「そう長い期間ではありませんね」

「ほんとうは三年も与えられないところなのだ。わが国に三年の猶予《ゆうよ》もあるのだろうか？　その前に敵が攻撃してくるということはないのか？」

しっかりと抑えた口調で将軍は答えた。「その点につきましては、わたしにはわかりかねると申し上げざるをえません」

「うん、そりゃそうだ。ともかく、敵の攻撃をとめられるのは、ただひとつ、テポドン2号だけだ。しっかり飛ぶ、信頼できるテポドン2号だ。わが国の原子核科学者たちはやるべき仕事をやってきた。核兵器の小型化にも成功した。だが、われわれはその核兵器をアメリカ本土まで送りこめるようにならなければならない」

崔智勲は指を三本立てて見せた。「三年だ。三年たってもきみにできなければ、わたしはほかの者を見つける」

崔がほかの者を見つけることにしたとき、自分に何が起こるのか、李にはわかっていた。

# 11

## 現在

午前九時ちょっと前、大型のシヴォレー・サバーバン三台が、ヴァージニア州アレクサンドリアのノース・フェアファックス通《ストリート》りにあるヘンドリー・アソシエイツ社の一階部分につくられた車用のスペースに入っていった。車列が玄関口に横づけにされ、通りから見えなくなると、サバーバン三台のすべてのドアがいっせいにひらき、武装した若い男たちが密集軍団《ファランクス》さながらに飛び出した。そのあとすぐ、威厳のある六三歳の女性が真ん中の車から降り、決然とした歩調で玄関ドアへと向かった。彼女をドア口で迎えた者がいた。元サウスカロライナ州選出上院議員、ヘンドリー・アソシエイツ社社長にして〈ザ・キャンパス〉の長、ジェリー・ヘンドリーだった。

メアリ・パット・フォーリ国家情報長官（DNI）は疲れ切っているようだな、とヘンドリーは思った。DNIに就任して以来、彼女がずっと激務に追われていることはヘンドリーも知っていた。なにしろ、メアリ・パットは世界一の情報機関コミュニティの最高位にあるのだ。だから、長時間勤務を強いられ、大きなストレスを抱えこまざるをえなくなっても、驚くにあたらない。だが、それにしても、メアリ・パットはえらく心配そうだな、とヘンドリーは見てとった。

二人はいっしょにエレベーターに乗って、四階の会議室へ向かった。途中、メアリ・パットが口をひらいた。「新社屋、気に入ったわ」彼女はなんとか笑みを浮かべた。だがヘンドリーは、メアリ・パットと夫のエド・フォーリ元CIA長官とはずいぶん長い付き合いだったので、彼女はお義理で雑談をしておこうとしているだけなのだと見抜いていた。

ヘンドリーは雑談に付き合ってあげることにした。「そりゃどうもありがとう。実はとてもラッキーだったんだ。政府諜報部門業務請負企業がちょうど引っ越したところでね、われわれがそのあとに入ったというわけさ。こちらが必要とするものはすべて備わっていて、やるべきことは錠を交換してコンピューターのプラグをコンセントに差し込むくらいのものだったよ」

メアリ・パットは礼儀正しくうなずいた。

ヘンドリーは切り出した。「コリン・ヘイゼルトン、気の毒なことをしたね、とても残念だ。きみはよく知っていたんだろう？」

メアリ・パットはふたたびうなずいた。だが、何も言わない。

一分後、二人は会議室に入った。会議用テーブルについていた五人の男たちが立ち上がり、メアリ・パットに近寄った。ジョン・クラーク、ドミンゴ・シャベス、ドミニク・カルーソー、サム・ドリスコル、ジャック・ライアン・ジュニアという面々。彼らは次々にDNIと握手し、ふたたび席についた。

メアリ・パットが今朝ここに来たのは、彼女の私的な要請で〈ザ・キャンパス〉工作員たちがヴェトナムにおもむいていたからである。DNIという地位にあるメアリ・パットは、アメリカ政府のどんな諜報〝資産《アセット》〟も思うままに動かすことができたが、コリン・ヘイゼルトンの件ではジェリー・ヘンドリーとそのチームに助けを求めざるをえなかった。その調査活動を公式チャンネルを通さずに秘密裏に進めたかったからだ。

言うまでもないが、いまはそうする決断をしたことを重大な誤りだったと悔いていた。

最初にジョン・クラークが、〈ザ・キャンパス〉チームのホーチミン市到着から、ガルフストリームG550がヘイゼルトンの遺体を点検用パネル下の秘密コンパートメントに隠してタイランド湾へと飛び立つまでに起こったすべてのことを、手際《てぎわ》よく語って聞かせた。ほかのチーム・メンバーたちも、クラークにうながされて、個々の出来事について実体験者としての具体的な補足説明をした。メアリ・パットはそうした説明のあいだじゅう落ち着きをたもち黙って座っていたが、シャベスが通りで負傷したヘイゼルトンを見つけて命を救おうとするくだりを話しはじめると、感情を抑えこめなくなり、取り乱しはじめたように見えた。

シャベスもメアリ・パットとは長い付き合いだったが、彼女がこんなふうになるのを目にするのは初めてのことだった。彼はすぐさま、メアリ・パットが感じる不快感をすこしでも取り除こうと、話しかたを改めて、あまり詳しい描写をしないようにした。

ヘイゼルトンが最後に書いたメモが朝鮮民主主義人民共和国を意味するＤＰＲＫという四文字だったことを聞かされたとき、メアリ・パットは怪訝《けげん》そうな顔をして、そのメモ用紙を見せてほしいと言った。クラークがそれを手渡すと、彼女もまた、他の者たちと同じくらい文字を判読するのに苦労した。

全員が作戦実行後報告《アフター・アクション・リポート》を終えると、メアリ・パットはしばらく考えこみ、頭のなかを整理した。「収拾がつかなくなる前にとめられたはずね。これほど危険な状況だったとは知らなかった。気づいていれば……ああっ！　単なる企業諜報活動《インテリジェンス》だと判断していたの。いかがわしい仕事かもしれない、とは思っていたけど。でも、最悪でも不正行為どまり。それが、こんなことになるとは……」

クラークが穏やかな声で応えた。「ヘイゼルトンだって単なる企業インテリジェンスだと思っていたんじゃないですかね。でなかったら、むしろ驚きます。あれだけ相手を威《い》嚇《かく》していたところを見ると、自分が身体的危険にさらされているとは一秒たりとも思っていなかったはずです」

メアリ・パットは次にこう言った。「訊くまでもないことだとは思うけど、その可能性をきちんと排除しておきたいので、訊かせてもらうわ。今回のことすべてが偶然起こった路上犯罪である可能性はまったくないの？」

この問いにはジャック・ジュニアが答えた。「ありません、まったく。わたしは彼が襲われるようすをしっかり見ていました。襲ってきた連中は特殊技能をもつプロで、ヘイゼルトンを捉《とら》えるやロックオンしたミサイルさながらに何ブロックも追尾していきました。なぜ彼がターゲットにされ、殺されたのかは知りませんが、その襲撃に偶然の要素はまったくないとわたしは確信しています」

メアリ・パット・フォーリはジャックの答えに満足したようだったが、なお動揺をあらわにしたままだった。

ジェリー・ヘンドリーが言った。「さて、メアリ・パット、別にこんなふうにことわるまでもないのだが、われわれのほうもきみに訊きたいことが二、三ある。なぜきみはわれわれにコリン・ヘイゼルトンを監視させたのかね？　何らかの不正行為に彼が巻きこまれているのではないかときみは心配した。そうわたしは思っていたのだが……」

メアリ・パットは水をひとくち飲んだ。「コリンと夫のエドとわたしは、ＣＩＡでいっしょに昇進していった仲なの。コリンは空軍パイロットから情報機関員に転身した男《ひと》。スパイや協力者を巧みにあやつる生来の才があって、最高の工作担当官《ケース・オフィサー》のひとりだった。現場仕事から引退したあとは、〝エージェンシーの七階〟でエドを補佐する仕事を何年もつづけ、わたしたち二人の腹心の友となった」〝エージェンシーの七階〟は旧ＣＩＡ本部の最上階のことで、そこには幹部のオフィスがあった。

メアリ・パットはつづけた。「わたしがＣＩＡを出て、ＮＣＴＣ――国家テロ対策センター――の副所長になったとき、コリンもそこへ引っぱりたいと思った。で、例によって、彼に対する人物保証特別再審査がおこなわれた。コリンはすでに三〇年もＣＩＡにいたのだから、単なる形式的な手続きでしかないはずだった。ところが、その再審査でいくつか問題が見つかってしまった」

「問題？」ヘンドリーが問い返した。

「金銭的問題。怪しげな投資をしていたの。貯金をすべて、極端に高い利回りで増やせると思ったところへ注ぎこんでいたわけ。ほかの者たちが絶対に相手にしないようなリスクの高い第三世界の投資先に。コリンはその地域をよく知っていると思いこんでいたようね」

「それで？」

メアリ・パットの胸がうねった。「〈アラブの春〉が起こったのよ。まずチュニジアが引っくり返り、次いでリビアが駄目になり、エジプトが一方に揺れたあと、逆方向へ揺れもどり、さらに別の方向へと大きく動いてしまった」

ジャック・ジュニアが軽く口笛を吹いた。「うわっ、ヘイゼルトンは北アフリカなんかに投資していたのですか？」

メアリ・パットは肩をすくめた。

「その前には、予想が当たって、かなり儲《もう》けたこともあるの。それで自分には予測能力があるんだって自信過剰になった。それが破滅のもとになったわけ。コリンは借金までして投資した。儲けて軽く返せると思ったのね。ところが借りた金もぜんぶ失ってしまった。

再審査でコリンの投資が判明したとき、その投資はまだ順調だった。それでもコリンをNCTCに引っぱることはできなかった。海外への怪しい投資に手を染めていたのでは、敵に取り込まれて秘密情報を洩らしてしまう可能性がありすぎると判断されたの。さらにその後CIAは、コリンが自分の口座のいくつかを報告していないという事実を見つけた。単なるうっかりミス、と彼は説明し、わたしはそれを信じた。コリンは優秀なパイロットだったし、諜報機関員としても一流で、全体的に見てすぐれた幹部職員でもあったけど、ペーパーワークということになると、ちょっと乱れてしまうことがあった。その時点ではもうコリンは、秘密諜報活動をする現場要員ではなく、〝七階の管理職員〟のひとりだった。わたしは個人的には、ふつうに退職させてやってもいいんじゃないかと思っていた。ところが、CIAの新長官のジェイ・キャンフィールドは、規則どおりに事を進める人間で、年金受給資格期間に達するのにまだ一年足りないというときにヘイゼルトンを追い出してしまった。そしてそのあとすぐ、エジプトで政変が起こった。コリンはすべてを失った。失業し、切羽詰まった。エドとわたしが個人的に手を差し伸べたのだけど、彼にもプライドがあった。結局、こちらが電話しても、折り返し電話をかけてくるということはなかった。

その後わたしは、コリンがニューヨークの〝デューク〟・シャープスのところで働きはじめたという情報を古くからの同僚から得た。シャープスのことは、彼がFBIの国家保安部防諜課にいたときからわたしは知っていた。民間の仕事をしだすや、彼はもうすっかり無節操なご都合主義者になってしまった」

ジョン・クラークは言った。「野郎は人間のくずですよ」

シャベスもうなずいて賛意を表したが、彼よりも若い〈ザ・キャンパス〉工作員たちはみな、驚きの表情を浮かべて顔と顔を見合わすだけだった。

メアリ・パットも同感だった。「シャープス・グローバル・インテリジェンス・パートナーズは、世界各国の元スパイ、元兵士、元刑事を何百人も雇い入れていて、社長の〝デューク〟・シャープスは世界中で起こるいかがわしい出来事のほとんどに係わっていると言っていいわね。それでも、デュークが道徳的に問題のある元スパイよりももっと多く抱えているものがあるわ。それは弁護士。だから、司法省がデュークを休業させようとしてきたにもかかわらず、彼の活動は相変わらず日夜活発に繰り広げられ、やむことがないの」

ジェリー・ヘンドリーが言った。「ヘイゼルトンがシャープスのところで働いているとわかったとき、きみは何をしたんだね？」

「最初は、とってもがっかりしたけど、心配はそれほどしなかった。たしかにシャープスのクライアントのなかには法の抜け穴をかいくぐる者たちもいる。でも、シャープスは同時に、公明正大な顧客に協力して、問題などまったくない調査もしている。コリンはアメリカの国益に反するようなことは絶対にしないと、わたしは信じ切っていた。それでもわたしは、万一の場合に備えて、うちの者たちに頼んでコリンに目を光らせてもらい、彼が海外へ出たときはパスポートの動きを追跡してもらった。で、先日、コリンがプラハに飛んだことがわかった。わたしはそこでコリンの行動を監視したかったのだけど、こちらが要員を配置する前に、彼はチェコをあとにし、ヴェトナムに向かってしまった。ところが、ヴェトナムのわれわれの〝資産《アセット》〟は別のことに投入されていたし、わたしとしては、こちらの動きを地元当局に察知されて怪しまれるというのは避けたかった。だからあなたに電話したのよ、ジェリー。あなたに助けを求めたの。そして、ジョン、あなたが率いるチームがホーチミン市でコリンを尾行し、監視した。彼が危険にさらされているなんて、わたしは思ってもみなかったわ。わたしはただ、彼が違法なことに係わっていないかどうか知りたかっただけ」

メアリ・パットがコリン・ヘイゼルトンの死に責任を感じていることはヘンドリーにもわかった。

ヘンドリーは言った。「ヘイゼルトンが死んだのはきみのせいではない。彼はたしかに不幸に見舞われた。だが、それはかなりのていど自ら招いたものだ」

「わかっているわ、ジェリー。でもね、長いこと諜報畑で働いていると、とことん苦労をともにしてきた仲間が少数だけどできてね、そういう人たちは絶対に失いたくないの。コリンは善良な人間だったし、情報機関員としても優秀だった。年をとってからはいささか能力の衰えがあったとしても、少なくとも昔は優秀だった。エドもわたしもずいぶん助けられたわ」

しばし会議室に沈黙が満ちた。クラークが咳払《せきばら》いをして言った。「残念ながら、暗殺者たちについて手がかりになるようなものは何も見つけられませんでした。わたしは男をひとり殺しましたが、すぐ現場を離れなければならず、死体をチェックしている時間もありませんでした」

メアリ・パットは応えた。「わたしは全員が無事脱出できてほんとうによかったと思っている」

ジャック・ジュニアがｉＰａｄをとりだした。「でも、殺されるちょっと前にヘイゼルトンが会った女がひとりいます。しかも二人は、短時間だったけれど、見たところ激しい言い争いをしています。われわれは音声を拾うことはできませんでしたが、その女はヘイゼルトンが運んできた何か――運んできたと彼女が思っていた何か――

を手に入れようとしていました。結局、それを得られなかったのですけどね」

ジャックは金髪の女の写真を画面に浮かび上がらせた。女は背が高く、テーブルを挟んでヘイゼルトンと向かい合って座っている。メアリ・パットは身を乗り出して写真を見つめた。「知らない女だわ。画像をわたしにメールして。NSAに顔認識させるから」NSAは国家安全保障局。

ジャックは言った。「すでにこちらでやりました。ヒットなし」

メアリ・パットは片眉《まゆ》を上げた。「〈ザ・キャンパス〉の顔認識ソフトウェアはアメリカ政府のそれと同等か、もっと上、と言いたいわけ？」

実を言うと、二つは同じものだった。〈ザ・キャンパス〉のIT部長ギャヴィン・バイアリーには、NSAの画像データベースに入りこんでCIAが現在使っている顔認識ソフトウェアを利用できる能力があった。メアリ・パットはそれを知らなかった。

ヘンドリーが素早く割って入った。「そんなことを言いたいわけじゃない。ジャックは喜んでその女の画像を送る。運よく女の身元を割り出せるといいんだが」

メアリ・パットはその件を深追いせず、立ち上がった。会合はこれで終わりということだ。「みなさん、よく聞いて。言うまでもないことだとは思うけど、コリン・ヘイゼルトンがやっていたのはいったい何だったのか、そこのところがわたしも心配。

北朝鮮がらみということなら、よけいね。でも、あなたたちに今回の仕事をやってもらったのは、旧友のことが気がかりだったからで、あなたたちを危険な目に遭わせたかったからではないの。友はもう死んでしまったのだから、あとの調査はわたしがするわ。ジョン、わたしとしてはもう、この件であなたやあなたのチームが命を危険にさらすなんてことがないようにしたい。地球上には、いまこうしているあいだも、問題ならほかにたくさんあるし。たとえヘイゼルトンが北朝鮮に関係することだと思いこんでいたとしても、わたしはもう、むりやり〈ザ・キャンパス〉に一種の企業犯罪のわからない点をほじくらせたいとは思わない。たぶん麻薬か資金洗浄《マネーロンダリング》がからんでいるんじゃないかしら。武器の密輸という線もあるかも。アメリカの政府機関が地元当局と連携して、見つけられることを見つけるでしょう。それで充分のはず」

しばらくしてメアリ・パット・フォーリが会議室から出ていくと、ジェリー・ヘンドリーは椅子の背に上体をぐっとあずけ、五人の工作員たちと今後どうするかを話し合った。

〃ディング〃・シャベスが言った。「あなたはどうお考えか知りませんが、ジェリー、わたしはですね、われわれに地獄行きの片道切符を渡しそこねた野郎たちがえらく気になります」

「わたしもです」ジャックもドリスコルも同感だった。

クラークはもっと如才なかった。「われわれはみな、正規の作戦業務にもどったばかりです。いまのところまだ、取り組まねばならない具体的な案件があるわけではない。だから、やるべきことはあまりなく、この件をもうすこし探るくらいはできるのではないでしょうか」

ヘンドリーは考えこんだが、すぐに決断し、口をひらいた。「心配しなくていい。手を引くということはしない。ただ、コリン・ヘイゼルトンを殺した者たちは彼が何者であるかを知っていたと仮定してかからないと危険だと思う。つまり、元CIA幹部を平気で殺す悪党がどこかにいると思っていないといけない。わたしとしては、それだけでも特別な注意を払うに値する。国家情報長官から公式の賛意をいただけないとしてもね」

シャベスはにやりと笑った。「その言葉を待っていました。では、次にどうするか、何か考えがある者は？」

クラークが答えた。「ある。メアリ・パットに面倒なことを押し付けることになるだけだと思ったので黙っていた」

ヘンドリーが溜息《ためいき》をついた。彼はクラークの〝考え〟を知っていた。それを気に入ったと言える自信がなかった。「〝デューク〟・シャープス?」

「ええ。でも、いますぐニューヨークの街中《まちなか》でアメリカ国民をこそこそ監視しはじめようというのではありません。というか、それはまだしません。まずは公開情報にちょいと探りを入れ、シャープスとやつがやっていることについて見つけられることを見つけます。あまりあからさまにやると、気づかれます。野郎とその部下どもは自分たちを護るために鉄壁のセキュリティを築いているはずです。シャープス・グローバル・インテリジェンス・パートナーズはなかなか手強《てごわ》い相手になりますよ」

# 12

## 一年前

朝鮮天然資源商事の社屋は、人口二五〇万人の北朝鮮の首都、平壌《ピョンヤン》の中区域《チュングヨク》にあった。それは、中心の高層ビルを低めのビルが取り囲むという広大なビル群で、近くにある他の鉱業会社のビルとも連携して仕事ができるようになっている。鉱業は北朝鮮最大の産業で、ここ平壌にある管理オフィスだけでも数千人の従業員がいるし、全国ということになると、この産業に従事する者の数は一〇〇万人を超える。

そして二週間前からこの産業の最高位についているのが黄珉鎬《ファンミンホ》。ただ、黄《ファン》はいまだに、毎朝目を覚ますと、この自分の大昇進に驚嘆せずにはいられない。

黄珉鎬は朝鮮労働党エリートの使用人の息子だったので、祖国の子供たちの九九％にはとても得られない機会を与えられた。それでも、彼の未来は党によって定められた。それは北朝鮮国民である以上、逃れられない運命だった。黄は北京《ペキン》大学に送りこまれて工学を学ばされ、次いで平壌の大学で勉学をつづけるよう命じられ、そこで公共政策の修士号と同等の学位を取得した。そして慈江道《チャガンド》の朝鮮労働党組織の管理職員としてキャリアを歩みはじめた。慈江道は石炭産業の中心地のひとつで、黄は工学の知識があったおかげで炭鉱が直面した問題をうまく処理することができた。

だから黄の場合、朝鮮労働党の地方組織から国有鉱業会社への異動はきわめて自然なことだった。そして三〇歳になったときにはもう、朝鮮天然資源商事の管理職にしっかりと収まっていた。

最初の妻とは、朝鮮労働党の会合で出会った。まだ二人とも二〇歳《はたち》にもなっていなかった。だが、その妻は二二歳の誕生日に死産してこの世を去った。その瞬間、黄は既婚者から独身者にもどってしまった。この出来事によって黄の人生は大きく変わった。以後、二〇年間、彼は一心不乱に仕事に打ち込んだのだ。そしてそのあとやっと、両江道《リャンガンド》の銅山で若い看護師と出会った。黄珉鎬と小羅《ソラ》は一年後に結婚した。

知力、冷静沈着な物腰、高い労働倫理観が相まって、彼は際立ち、以後二〇年のあいだ出世の階段をのぼりつづけて朝鮮天然資源商事の最上層部にまで達し、五〇歳で炭鉱・銅山部の部長になってしまっていた。

平安北道《ピョンアンプクト》の定州《チョンジュ》でレアアース（希土類）鉱床が発見されると、会社の最上層部にいた者たちの多くが、この新たに発見された天然資源に目を奪われ、中国との共同開発に熱を上げることになった。ところが黄は対照的に、北朝鮮にすでに根付いていた鉱業事業に心血をそそぎつづけた。そして、地道に黙々と炭鉱と銅山の事業だけに精を出していたため、中国が定州レアアース鉱山の開発から追い出されるという騒動が一段落したとき、事実上ただひとりの無傷の幹部となった。そこで、前社長が教化所へ送りこまれると、代わりに朝鮮天然資源商事の手綱をとれと命じられてしまった。それは、自分にとっても、また妻、子供、高齢の両親にとっても、人生で最も光栄な瞬間ではあったが、できれば社長ではなく一幹部として炭鉱と銅山の仕事だけに集中して取り組みつづけたかった。そのほうがずっとよかった、というのが本音であった。

だがもう社長になってしまったのだ。レアアース鉱山に係わらないようにして自分を護るなんて真似《まね》はもはやできやしない。それどころか、自分の仕事の八〇%がこの鉱山の開発になってしまった。北朝鮮の銅山、亜鉛鉱山、タングステン鉱山、それにほぼ開発休止中の金鉱山については、なお中国との共同事業が続行中なので、それらのことで問題が生じて自分が江東《カンドン》の教化所にほうりこまれるということはないと、黄は確信していた。だから、自分の時間をできるだけレアアース鉱山に注ぎこむのがベストだとわかっていた。なにしろ、定州レアアース鉱山を一年半のあいだに操業できる状態にまでもっていけなければ、自分は装甲車の後部に投げこまれ、江東の教化所へ送りこまれてしまうのだ。

九歳の息子と八歳の娘がいる黄珉鎬は、自分を家庭的な男だと思っていたが、北朝鮮に生まれた男子がみなそうなるように、いちばん大切なのは家庭ではなく国家への忠誠であると考えていた。だから今朝も、夜明け前に起きて、大同江《テドンガン》（テドン川）を見わたせるエリート用高級住宅地にある自宅の前で自分の運転手に迎えられた。車は幅の広い大通りを走りはじめた。ほかに車の姿はなく、二人は無言だった。まだ暗かった。首都といっても、街灯のともる車道はわずかしかない。それほど電力の供給が不足しているのだ。にもかかわらず、高層のアパートやオフィスビルのてっぺんには大きなネオンのプロパガンダがまばゆく光り輝いているし、主要な交差点やロータリーの中央に立つ崔智勲《チェジフン》の巨大像は、ぐるりと取り巻く強烈なスポットライトでライトアップされている。

そうやって車に二〇分以上も揺られ、さらに一〇分かけて暗い廊下を抜けて階段で七階までのぼり、ようやく黄珉鎬はその日最初の茶を手にして自分の机の上のラップトップ・コンピューターのほうへ身をかがませることができた。

正午までに黄は、今日もいつもと変わらぬ日――つまり仕事はたくさんするが目に見える明確な成果などまるでない日――になるだろうと思った。今日もまた、定州レアアース鉱山の状況を改善しようと試みはするものの何の成果も見られないのだろう。午前中に黄は、水力発電機など機械類の製造・輸入にあたる国有会社の朝鮮機械貿易総会社の代表たちとの苦痛でしかない会合にも耐え、一時間近くを費やして、前回の会合での約束を果たしていないと相手を強く叱責《しっせき》し、今度はなんとか頑張ってレアアース鉱山への電力供給量を増加させるという約束を守れるようにしてほしいと懇願した。それでも、返ってきたのは、中身のない口先だけの決まり文句くらいのものだった。

そしていま黄は、予定していた資金調達活動の準備をはじめた。今日の午後、数ブロック離れたところにある鴨緑江《アムロッガン》開発銀行を訪れることになっているのだ。黄と彼の側近たちは、制裁措置の対象外となっている数少ない物品を購入するための資金を外国から確保しようと必死になっていたし、まともに融資してくれる海外の後援者をなんとか見つけようとさえしていた。国の能力不足と欧米諸国による制裁措置によって、国内で調達できる資金は限られており、黄は鴨緑江開発銀行を考えうる最も細くて切れやすい命綱としか思えなかったが、それでもそれが頼みの綱であることには変わりなかった。

黄がこの日三杯目の茶のかすしか残っていない湯呑《ゆの》みに手を伸ばしたとき、秘書の声がインターコムから飛び出した。ちょっと動揺した焦《あせ》り気味の耳障《みみざわ》りな声だった。

「黄社長、申し訳ありません、李《リ》将軍がいらしておりまして、会いたいとのことです」

黄は小首をかしげた。その将軍がどういう人物なのか見当もつかない。李という苗《みょう》字《じ》の男なら何十人も知っていて、その多くは軍人だが、今日は彼らのうちのだれとも会って話す予定はない。「会う約束はしてあったのかね?」と黄は秘書に問うた。政府高官がアポなしで訪問し合うなんて聞いたことがない。最低レベルの政府機関幹部でも、だれかに会うときにはそれなりの準備が必要になる。黄はこの国最大の産業を運営・管理する国有鉱業会社の社長という要職にあるのだから、だれであろうと彼と会って話すときは、遅くとも数日前に約束をとりつけておかなければならない。

しばしの沈黙のあと、秘書から返ってきたのは金切り声に近かった。「すみません、ほんとうに、社長、将軍が入っていきます!」

黄が慌《あわ》てて腰を上げたとき、ドアがひらいた。あっというまに朝鮮人民軍の緑色の軍服を着た将軍が目の前にいた。分厚い立派な胸は勲章だらけ。先週、最高指導者の55号官邸を訪れたさいにすれちがった将軍のようだな、と黄は思った。

黄はドキッとした。「わたしは逮捕《チョヌン・チェポデムニカ》されるのですか?」

「ちがいます《アニヨ》、同務《トンム》」北朝鮮では敬称として、目上の者には同志《トンジ》が、同等か目下の者には同務《トンム》が用いられる。「突然おしかけてきて申し訳ありません」将軍は黄の机まで歩み寄り、頭を下げた。「偵察総局長の李泰鎮《リテジン》将軍です」

黄珉鎬も頭を下げた。「対外情報機関？　わたしにどのようなご用でしょうか？」

黄は肩をすくめた。「わたしは国外へ出たことさえないんですよ」

　李将軍は軽く笑みを浮かべたが、その顔には疲労か悲しみがにじんでいるように黄には見えた。李は言った。「わたしはあなたをスパイとして雇うためにここに来たのではありません。座ってもよろしいですかな？」

「お茶を持ってこさせましょう」

「いや、結構。話すだけでいい」李は椅子を机の前まで持ってきた。黄はゆっくりと自分の椅子に腰を下ろした。ここは黄の社長室なのに、仕切っているのは、この悲しげな顔をした厚かましい将軍のようだった。こんな形の話し合いなんてありえない。黄はすっかり戸惑っていた。

　二人とも椅子に座ると、李将軍は言った。「このたびは、社長就任、おめでとう。実はわたしも二週間前に偵察総局の局長になったばかりなんです」

「では、わたしのほうからも、おめでとうございます、と言わせてください。ご成功をお祈り申し上げます、同志《トンジ》。あなたが〈大元帥《デウォンス》〉様に名誉をもたらすことができますように」

「あなたの窮状は承知しています」李が唐突に切り出した。

黄は社長室をぐるりと見まわした。「わたしの窮状？」

「ええ。だって、定州市の北の丘陵地帯にある〝くず穴〟を一八カ月以内に、ハイテク産業になくてはならない世界最大のレアアース鉱山にせよ、と命じられたのでしょう。そうする力を持っていた唯一《ゆいいつ》のビジネス・パートナーの中国は、ＩＣＢＭ――大陸間弾道ミサイル――を提供せよとの〈大元帥〉様の要求をあっさり蹴《け》ったものだから、その鉱山開発から排除されてしまったのですよね。ところがあなたは、〈大元帥〉様の命令を遂行するにあたって、欧米の企業の協力を得ることなどまったくできない。合法的には絶対にむりです。なぜって、われわれが必要とする技術と専門知識を有している国々には、わが国へのビジネスマンの業務渡航と高度技術の輸出の禁止という規制が課されているからです。それに、わが国への制裁措置を公然と壊しにかかるのは自分の首をしめることになるだけで、きわめて危険な行為です」

黄は何も言わずに、ただ将軍を見つめ返していた。みな真実ではあったが、愚痴るのは、いや苦境を話題にすること自体、主体思想《チュチェ》に反している。

李はつづけた。「あなたは成功しない。あなたの前任者がどうなったか、ご存じですよね。失敗すれば自分がどうなるか、おわかりでしょう」

黄は胸をすこしだけ張った。「わたしは命じられた時間内に鉱山の産出量が最大となるよう身を粉にして働きます」

「まあ、せいぜい働いてください。結局は、いくら働いても、鎖で縛られてその机のうしろから引きずり出されるのがオチですよ。どこかから多大な助力が得られなければ、あの鉱山の開発が成功するなんてことはないでしょうな」

「いったいあなたはどういう用件でここにいらしたのですか、将軍?」

すでに体を固くして険しい表情をしていた将軍が、不思議なことに、さらに背筋を伸ばして上体を直立させた。「あなたとわたしには共通点があるんですよ、黄。どちらの頭のなかにもカウントダウン中の時計がある。わたしはね、運用可能な高性能ICBMを製造するのに必要なハードウェアとノウハウをわが国のために確保せよ、と命じられたのです。与えられた期間は三年……だから、あなたの倍ということになります。でも、幸運だとはとても思えない。わたしの任務はあなたのそれよりもさらに難しいものですからね」

黄は戸惑うと同時に不安にもなった。「あなたがいま言われていることは、わたしの通常の管理権限内にあることではありません。セキュリティ上の問題があって、そういうことを部外者に明かすというのは……」

「わたしはそんなこと気にしません。あなたはセキュリティ違反をするわけではないのです。わたしはあなたの人物・情報ファイルを精読いたしました。あなたはだれにとっても危険度ゼロの人間です」

「ええ。もちろんそうです。つづけてください、李将軍」

「わたしたちにはほかの点でも共通点があります。良妻、わたしたちを頼りにする二人の子供。失敗しても自分ひとりが死ねばいい、というのでしたら、そう心配することはないんです」

黄は返した。「わたし自身の命は重要ではありません。わたしは〈大元帥〉様に力と繁栄をもたらすために生きているのです」それが党の公式教義――共産主義イデオロギーと個人崇拝の合体――なのである。

これには李将軍も異議をとなえなかったが、巧みに家族のことを盛りこんだ。「まあ、そのとおりなのですが、黄、われわれが成功すれば、〈大元帥〉様に力と繁栄をもたらすと同時に、妻子も救えるわけです。それこそが好ましい適切な結果であるということには、あなたも賛同されるはずですよね」

黄は黙ってうなずいた。

「あなたは一年半のあいだにレアアースを採掘、製錬し、販売できるようにしなければなりません。わたしは三年のあいだにＩＣＢＭを運用可能にしなければなりません」将軍は薄ら笑いを浮かべた。「このままでは、二人とも失敗します。ということはつまり、わたしはあなたよりもちょうど一年半だけ長生きできるということです」

黄は肩をすくめた。「失敗するならそれでいいんです。この世には銃殺隊に射殺されるよりも悪いことがあります」

李は弾《はじ》けるように立ち上がった。目が異様な興奮でギラギラしていた。「まさにそのとおり！　わたしはね、そういうことをこの目で見てきたのです。わたしの前任者、姜《カン》将軍は飢えた犬たちの餌食《えじき》になりました。犬どもに喉《のど》を引き裂かれて将軍が抵抗するのをやめるまでに二分四〇秒かかりました。要するに、将軍は二分三九秒のあいだ、犬に食い殺されるという己の運命を知っていて、それを自分の目で見て、自分の体で感じていたことになります。わたしはこれまでに職務として数百人の男たちを処刑してきました。実は明朝も処刑をひとつ監督することになっています。しかし、姜将軍の身に起こったことは、どんな人間にもとても耐えられない、ほんとうに恐ろしいことでしてね」

黄の顔が蒼白《そうはく》になった。

「それに、それで終わりではありませんでした。将軍が失敗したせいで、家族も命を奪われました」

この国では反逆者の家族も処刑されることが多いのであり、そのことは黄も知っていた。それは秘密にされていることではない。いや、それどころか軍は逆に、体制への反抗は罪人本人の処刑だけではすまないということを、国民に知らしめたがっている。それを周知させれば、社会全体にとって脅威となる者が家族のなかにいた場合、それを当の家族が密告する度合いが増すからである。

李はつづけた。「姜と同じくらい見事に〈大元帥〉の期待を裏切ったら、あなたも同じ最期《さいご》をとげることになります。そしてまた、このわたしがあなたの最期を見とどけるよう命じられるやもしれません。あなたはわたしの立ち会いを望むべきですよ。なぜなら、犬どもに肉を引き裂かれているあいだもあなたは、一八カ月後にはわたしも同じ檻《おり》のなかに放りこまれるのだということを思い出し、ささやかな慰めを得られるからです」

「あなたはわたしに同情しにここにいらしたのですか？」

「いや、そうではありません。わたしがいまこうしたことをお話ししているのは、わたしたち二人は互いを必要とし合っているのだということを、あなたにわかってほしいからです」

「それで、あなたはどうしたいというのですか？」

李は黄に笑みを浮かべて見せた。「わたしたちの組織の——というか、われわれ二人の——協力関係を築くことを提案したいのです」

「協力関係？　どういうことでしょう？」

「いくら努力しても、外部の助けがなければ、あなたは失敗するに決まっています。ですから、わたしがその外部の助けを提供しましょう、と言っているのです。あなたが必要としているものはみな、国境の外にあります。そしてわたしは、国外へ出て、それを獲得し、国内に持ち帰れる男なのです。あなたには国外の人々との協力関係が必要です。むろん、相手は中国人ではなく、ほかの国のだれかさんです。要するに、必要な物品とノウハウを入手でき、それらをわが国に運びこめ、さらにレアアースの製錬ができるうえに、できあがった製品を世界市場でひそかに売ることもできる者」

「で、その見返りにあなたは何が欲しいのですか？」

「二〇％」

「何の二〇％ですか？」

「すべての二〇%です。こちらに直接納めてもらって確実に偵察総局の資金となるようにしてもらいたい。そうしてもらえると、わたしが使える資金は一年以内に三倍になる。それだけの金があれば、わたしはわが国が必要としているテクノロジーを手に入れることができる」

黄はあきれて微笑《ほほえ》んだ。「中国人の推算では、あの鉱山には一二兆アメリカドルもの価値があります。一二兆ドルの二〇%を流用する権限がわたしにあると、あなたは思っているわけですか?」

「それくらいの方法はなんとか考え出せるでしょう。なにしろ、それで自分は教化所に行かずにすみ、子供たちも生き延びられるのですから。わたしは国際銀行口座のネットワークを自由に利用できます。架空の支払いで金を動かすということなら、わたしがお手伝いできますよ。それに、一二兆ドルは、鉱山が操業できる期間全体で得られる金の総額です。わたしがとりあえず必要としているのは、あなたの鉱山の前途有望さを利用して外国からの投資を実現させるということだけです。それが現実のものとなれば、わたしはその資金を使って、わがICBM作戦を推進できる、というわけです」

「ミサイルを一基、買うおつもりですか?」

「いいえ。わたしはミサイル産業をまるごとひとつ買うつもりなのです」

黄の顔にまたしても笑みが浮かんだ。「えらい自信ですね」

「自信があるというのではありません。奮い立っているのです」李はぐっと身を乗り出した。「なにしろ前任者が生きたまま飢え狂った犬どもに食い殺されるのを見ていましたんでね。それ以上に気持ちを奮い立たせるものなんて、この世に存在しませんよ」

黄は縮みあがった。が、なんとか口をひらいた。「教えてください、李将軍。わたしにどうしてほしいんですか、具体的に？」

「いや、教えてほしいのはこちらですよ。あなたはどうしてほしいのか？　教えてくだされば、それを実現してさしあげます。わたしが自由に使える予算を必要なだけ投入してね。そのためなら、部局や支局をいくらでも閉鎖します。そうやって資金や人員を移動し、海外にいる工作員にやるべきことをやらせます。わたしはね、この作戦に持てるエネルギーのすべてを注ぎこむつもりです」

「作戦？　すみませんが、李将軍、定州のレアアースを採掘し製錬しなければならないわたしに、あなたはどのような助力を与えられると考えておられるのでしょうか？　そこのところが、わたしにはよくわからないのです」

「たとえば、わたしにどのようなことができるのか、その例をいくつかお話ししましょう。わたしは国連職員を買収して銀行や貿易に関する制裁措置を緩和させることができます。わたしは欧米人スパイをたくさん雇って、世界中のレアアース施設に潜入させ、あなたが知る必要のあることを学ばせることができます。わたしは海外の鉱業会社と取引し、彼らを秘密裏に仲間に引き入れ、専門知識や技術を提供させて、あなたを助けさせることができます。わたしは外国の化学者、地質学者、エンジニアに秘密雇用契約を結ぶことを申し入れることができます……この人が欲しいとあなたに言われれば、わたしは国外へ出ていってその人を連れてきます、必要なら銃を突きつけてね。わたしはあなたが必要とする物品がとどくように手配し、それが黄海上で禁輸品目に目を光らせる艦船にも没収されずに制裁措置をすり抜けられるようにできます。わたしは関連産業のコンピューター・システムに侵入できるロシアの協力者たちと手を組んで、あなたが必要な設計図を得られるように取り計らうことができます。わたしは世界中で資金を投入して広報活動を展開し、あなたの製品が輸出可能となったら即、市場がそれを確実に受け入れるように根回ししておくことができます」

黄はこのようなことを一度だって耳にしたことがなかった。生まれて初めて聞く話だった。もちろん、彼の会社はこれまでも対外情報機関に情報を求めてきた。だが、いま李ができると言ったことは、いままで黄が考えてきたことを遥《はる》かにしのぐ規模のものだった。李はいま、黄が定州レアアース鉱山の採掘と製錬を成功させるのに必要としている、まさにすべてのことを要約して見せたのである。

「すごい！」黄珉鎬は言った。「あなたにそういうことができるのなら、われわれにもチャンスがありますね」

「では、同意していただけますかな？」

失うものなど何もない、と黄は思った。「同意します」

李泰鎮は言った。「まずは海外の者たちとの協力関係を構築しなければなりません。これを実現するのに必要なルート、コネクションをつくるのです。われわれの企てに参画させるのに適した会社や個人について何かアドバイスがありましたら、お聞かせ願えませんか。あとはこちらで捜し出します」

黄は即座にうなずいた。「頭に浮かんだ者がひとりいます。彼を後援者として引きこむことができれば、あなたとわたしはこの計画を成功させることができるかもしれません」

情報機関の長は両眉を上げた。「ほう、だれですか？」

「オスカル・ロブラス・デ・モタ」

李は思案顔でうなずいた。その男のことなら何でも知っている。「オスカル・ロブラス。なるほど。そうですな」

# 現在

## 13

ヴァージニア州アナンデールのジェイホーク通り《ストリート》にある小さな家は、ふつう朝六時に人が生活している気配をただよわせる。四三歳になるアネット・ブローリーは目覚し時計のボタンをポンとたたいてアラーム音をとめると、上体を起こしてベッド上に座り、スイッチを弾いて明かりを点《とも》した。光がカーテンを突き抜けて、ちっぽけな庭を越え、細い通りまでとどいた。しばらくベッドにぺたんと座ったまま、目をこすり、今日はまだ火曜日だということへの落胆から立ち直ろうとした。そしてなんとか疲れた脚をベッドの外に出して床に立った。

と、すぐ、ベッドを整えはじめた。それは陸軍時代に身についた習慣だ。除隊は八年以上も前のことだから、古い習慣ということになる。そして、そのベッドメーキングはとてもたやすく、速い。いっしょに寝ている人がいないからだ。自分の側だけ整えればいいのである。

それを終えると、キッチンに入り、コーヒーメーカーのスイッチを入れ、冷蔵庫から卵パックをつかみだす。そして、食器棚からシリアル用のボウルを二つとりだす——毎朝このあたりで、体を動かすモードを自動操縦《オートパイロット》から手動へ切り替えてもよいほど頭がはっきりしてきて、次に何をするかを考えることができるようになる。

アネット・ブローリーは二人分の朝食をつくり、六時一五分きっかりに狭い廊下を歩いて家の裏のほうへ進み、これまた狭い階段をのぼった。そして階段をのぼりきったところにあるドアをノックし、そのあとすぐさまドアをあけた。ノックは単なる形式的な手続きにすぎず、なかからの応答はない、したがって、この毎日の務めを果たすにあたっては少々荒っぽい手段を用いる必要がある、とわかっていたからだ。

ステファニー・ブローリーは一六歳で、母親に輪をかけて朝起きるのが嫌いだった。それに母親のこともあまり好きではない。だから、女の疲れた嗄《しわが》れ声に起こされるたびに、二重に不機嫌になってしまう。

「起きる時間よ、ステフ。卵、焼いといたから」

「あんたなんか大嫌い」ステファニーは陰気に声をかすれさせた。

「はいはい、わかってますよ、ハニー」アネットは穏やかに返し、眠気をとろうと目をこすりながら娘に背を向けた。「シリアルもつくっておいたわ」

「明かりを消してよ！」

アネットは明かりをつけたまま娘の部屋から出ていった。コーヒーを飲もうと階下へ戻っていく彼女の背中に、ののしり言葉が次々に襲いかかってきた。こうやって毎朝、娘にわめきちらされるのが、日課の一部になってしまっている。むろん、そんなことは好きではない。悲しいことだし、気が滅入《めい》る。だが、なんとか頑張って、この状況をすこしでも冷静に見ていられるようにしている。アネット自身、両親の離婚後、母と二人で暮らしていたことがあり、ティーンエージャー時代に母親にやたらとそばにいられるのは楽しいことではなかった。

そう、自分も当時、母親に悪態をついていたはずだ。だからいま、毎朝ステファニーにさんざんののしられても、これは過去の行いに対する報いにすぎず、そのうちやむにちがいない、と自分に言い聞かせようとする。

夫が二〇〇七年に死んでからは、アネットはずっと独身生活を送っている。夫はペンシルヴェニア州兵の二等軍曹としてアフガニスタンに派遣され、ナンガルハール州の大隊本部で情報分析にあたっていた。彼はどんな戦闘からも遠いところにいたので、アフガニスタンでも安全な仕事をさせられている兵士のひとりにちがいない、とアネットは思いこんでいたのだが、彼が乗っていた装甲型ハンヴィー（高機動多用途装輪車）が地上に設置されていた爆発成形弾を踏んでしまったのだ。即死だった。

アネットも当時、陸軍の現役兵で、夫がいたナンガルハール州のすぐ西のカブールで情報収集分析《インテリジェンス》の仕事をしていた。まだ八歳のステファニーは、アネットの母親といっしょにピッツバーグの留守宅にいた。父親の死を聞いたとき母親がそばにいなかったのだから、娘は二倍つらい思いをしたにちがいない。

そう、だからステファニーのティーンエージャー特有の問題行動がここまでひどくなったのには理由があるのだが、アネットはそれを言い訳にしたくはなかった。

娘を起こして学校へ行かせるという毎朝の厳しい試練をどうにか切り抜けたあとは、スプリングフィールドまでの短い通勤ドライヴもアネットには楽しい。彼女はもう陸軍の兵士ではなかったが、午前八時ちょっと前にフォート・ベルヴォア・ノース・エリアのゲートを通り抜けた。そして曲りくねる道をいくつかたどり、目的地に着いた。それは、ワシントン首都圏で国防総省《ペンタゴン》、国会議事堂《キャピトル》に次いで三番目に大きな政府庁舎、国家地球空間情報局（NGA）だった。

NGAは国家情報長官府が統轄《とうかつ》する一六あるアメリカの情報機関のひとつで、知名度はそのインテリジェンス・コミュニティのなかでも明らかにいちばん低い。国家画像地図局（NIMA）を前身機関とするNGAは、国防総省のために戦闘支援する組織であると同時にアメリカのインテリジェンス・コミュニティの一員でもあるという〝兼業機関〟である。設立されてまだ一〇年余だが、莫大《ばくだい》な資金および人員がこのスプリングフィールドにある施設と、セントルイスにあるもうひとつの巨大施設に注ぎこまれてきた。

連邦政府から受け取る年間資金は約五〇億ドルで、人員は軍人、民間人合わせて一万数千人である。

アネット・ブローリーはIDカードを入口の警備官に見せ、それをリーダーに読み取らせたあと、ハンドバッグを検査用のテーブルに載せて、金属探知ゲートをくぐった。そして、ほかの職員たち――その三分の一ほどは軍服を着ている――とともに廊下をかなり歩き、下へ向かうエスカレーターにたどり着いた。その上の壁面の高いところには、NGAの標語が掲げられている。

《地球を知れ……道を示せ……世界を理解しろ》

アネットは建物の中央にある広大なアトリウム――屋根が光を通す材質でできている吹き抜けの大規模空間――に入っていった。「そこは自由の女神を寝そべらせることができるほど広い」と、彼女はどこかで読んだことがある。アトリウムの真ん中にある半ダースほどのガラスドアのひとつの前で、アネットはふたたびIDカードをリーダーに読み取らせた。ドアがひらき、彼女はエレベーターがならぶ空間に入ることができた。エレベーターで四階までのぼり、アトリウムの上にかかる廊下をわたり、さらに別の廊下を進んで、またしてもIDカードをリーダーに読み取らせ――これで四度目――ようやく自分の小さなオフィスに入った。

アネット・ブローリーはNGAの画像分析官だった。彼女がこのオフィスで日々こなしている仕事は、あらゆる種類の画像を画質操作・向上ソフトウェアを使って調べるとともに、他のデータの破片を集めて分析すること、そしてそうやって発見したことを解析報告書にまとめ、それをNGAの任務パートナーたち――政策立案者、軍人、緊急救援隊員――にとどけることだった。

アネットは自分の仕事に世界を変える力がないことは承知していたが、面白い作業だとは思っていたし、自分はこの種の仕事が得意だという事実に慰めを見出《みいだ》してもいた。アネットは大人になってからというもの、もっぱらインテリジェンスの仕事に取り組んできたのである。彼女は陸軍でインテリジェンスの仕事をたっぷりやったあと、ここNGAに民間人分析官として雇われた。仕事も、同僚も、使命そのものも、大好きだった。

家庭生活は罅割《ひび わ》れてストレスのもとになってしまっていたが――なにしろ彼女は問題のあるティーンエージャーの娘をかかえる寡婦《やもめ》なのだ――毎日ここに来て好きな仕事ができるということで沈んだ心をあるていど和らげることができていた。いちどだって訪れたことのない遠方の地の画像やデータ・ポイントの解釈に没頭して、その地でいま進行していることについて整合性のある結論を導き出し、祖国の国益にささやかながら貢献することができるかもしれないというのだから、鬱々《うつうつ》とした気分もすこしは晴れる。

アネットは東アジア部に所属し、北朝鮮を担当していた。同じ国を担当する者たちの大半が〝魅力的なもの〟に時間を費やし、実態が見えない得体の知れない政府や核・ミサイル開発から目をそらさずにいるのに反して、アネット・ブローリーは経済部門を受け持たされ、ほぼDPRK（朝鮮民主主義人民共和国）の鉱業のみに的をしぼっていた。

そして、アネットが鉱業の専門家になったのは、鉱石採掘が好きとかそういう理由からではなく、「北朝鮮の経済部門を受け持たされ、鉱業がたまたま同国の主要産業であった」という単純な理由による。

画像や地図による分析は、NGAの地球空間情報収集技法のごく一部でしかない。

実は国家地球空間情報局はあらゆる種類のデータを活用しているのだ。宇宙空間、上空、海上、陸上に自在に使える情報収集装置を所有しているだけでなく、携帯電話の中継塔を通過するデータや、ソーシャルメディア上の情報をも取り込んでいるのである。

だが、そうした技法の多くは北朝鮮には用いることができない。NGAが〝隠者王国〟北朝鮮内の携帯電話データをのぞき見ることはほぼ完全にできないし、同国内ではソーシャルメディアは禁止されているのだ。とはいえ、北朝鮮にも使える地球空間情報収集分析ツールはある。たとえば、衛星写真、密輸業者や脱北者によって国外に運び出されるビデオ映像。さらに、政府が公表するプロパガンダ情報だって、隠された貴重な情報を見つけるのに役立つことがあるので、収集の対象となる。

今朝、アネット・ブローリーがまず見ることにしたのは、国家偵察局（NRO）が運用するKH-12軍事画像偵察衛星のひとつから新たに送られてきた画像だった。アネットは眼前にならぶ二七インチ・モニター三台のうちの一台にファイルを呼び出し、その隣のデータ・スクリーン上のGPS情報で位置を決めていった。

彼女はまず数分かけて、平壌《ピョンヤン》近郊にあるタングステン鉱山への道路建設のようすを示す画像を調べ、同じ場所を一カ月前に見たときの状況とほとんど変わっていないことを確認し、そのむね分析記録に書きこんだ。

次いで定州《チョンジュ》レアアース（希土類）鉱山の緯度と経度を打ちこんだ。

一年前アネットは、この定州レアアース鉱山の活動の監視にほぼすべての時間を注ぎこんでいた。だがそれは、まだ中国人がそこにいて、開発が着々と進められていたときのことだ。当時、アメリカの政策立案者たちはその鉱山に興味をいだいた。丘陵地帯の地下に埋まるその鉱床が、北朝鮮に何兆ドルもの金をもたらす可能性がある、という噂《うわさ》が中国から流れてきたからである。それはアメリカ政府を不安にさせる情報だった。そこでアネットは定州鉱山開発の進捗《しんちょく》状況を監視することに長時間を費やすことになった。そして、少量の鉱石を見つけた。それはごくわずかの鉄道車両で露天掘りの採掘場から北方の中国との国境へ運ばれようとしていた。鉱石を中国のレアアース製錬所に運んで処理するということだったのだろう。ところが、突然、中国人が追い出されてしまう。中国人が去ったのは、北朝鮮の最高指導者の崔智勲《チェジフン》が中国との共同開発契約を破棄したためと思われる、というのがCＩＡからアネットのもとにとどいた状況説明だった。ともかく、それで定州レアアース鉱山へのアメリカの関心は急激に薄れてしまう。このまま北朝鮮だけで操業しつづけるとしても、少量の鉱石を採掘して、それを製錬のために中国へ運ぶ、というくらいが関の山だろうと、だれもが判断した。アネットも自分の仕事を進めるなかで、中国の助力がなければ定州レアアース鉱山の年間生産量はフル稼働《かどう》時の四％ほどにしかならないだろう、と推断した。定州鉱山が〝生命維持装置につながれた患者のような状態〟になったので、アネットはＤＰＲＫ内の他の地域にある鉱山に注意をもどしたが、毎月一回ほどは定州の衛星写真をのぞくことにしていた。そして、この一年間それをするたびに彼女は、「北朝鮮はなおも採鉱をしようとしているが、万事心得ている者たちとの共同開発時とくらべると抜け殻のような状態のままである」ことを確認していた。

アネット・ブローリーはＫＨ‐12偵察衛星が送ってよこした最新のデジタル画像をながめ、現場上空に雲がひとつもないことを知って嬉《うれ》しくなった。ＫＨ‐12にはレーダー画像撮影能力もあるが、その画像はレンズを通して光学的に直接現場を撮影して得られるものほど鮮明ではない。

アネットは光学レンズ・カメラによる画像をいつものようにゆっくりと念入りに調べていった。まず鉱山のまわりの建物を無視し、丘の斜面をえぐった露天掘りの採掘場のみをしっかり見る。ＫＨ‐12のカメラの解像度は文句なしに素晴らしい。アネットはブルドーザーや他の土木機械を見分けることができた。人間をひとりひとり見分けることもできる。人の影さえも見えて、快晴のさらなる証拠となっていた。

採掘場にはほんのすこしの活動しか認められなかった。そこでアネットはその南の地域を調べはじめた。そこには定州の小さな市街地がある。採掘場から数キロ離れたところだ。彼女は鉄道の駅とそのそばの貨物の保管区域を見るのが好きで、そういうものがある場合はかならずそこから見ていく。鉱山と関係する新たな産業・商業活動が市街地であったとき、まずそこに何らかの変化があらわれることが多いからである。

この朝、アネット・ブローリーは即座にその変化を見つけた。《これ変だわ》と彼女は心のなかで言った。駅の近くにある低層のホテルのわきの駐車場に一六個の矩形《くけい》がきちんと並んでいたのだ。もし一年前に二〇〇〇時間近くを費やして定州の画像を調べていなければ、そして見た画像が自動的に脳裏に焼き付くプログラムが頭のなかに入っていなければ、市街地の中央で起こったこの変化にも気づいていなかったにちがいない。アネットの記憶のなかにはいまでも定州市の配置がしっかり刻みこまれている。むろん、建物は何百とあるので、その一つひとつを詳細に覚えているわけではないが、彼女の脳は市街地の各部分を大きなかたまりとして鮮明に記憶にとどめていた。問題の一六の矩形は一カ月前にも存在していなかったのだ。こういう場合、ふつうは念のため古い画像を呼び出して再確認するのだが、いまや確信も好奇心もあまりにも強く、アネットはその作業をはぶいてしまった。

矩形の構造物が何であるかはすでにわかっていた。鉱山や建設現場にはよく見られるものだったからである。つまり、現場事務所やモジュール式仮設住宅などに利用される、設置も撤去も簡単にできる仮設建築物。それが定州市のホテルと駅のそばにきれいに列をつくって並んでいるのだ。これは北朝鮮政府が設置した非居住労働者のための宿泊施設だとアネットにはわかっていた。

火が燃える露天のかまどがひとつあって、そのまわりをいくつもの小屋が取り囲んでいるということからも、そこが宿泊施設であることがわかる。アネットはその火と小屋の群れを粗末な調理場にちがいないと考えた。

このような仮設建築物が一六あれば、一五〇人以上の労働者が暮らせる、とアネットは推算した。しかし、何のための労働者なのか？　定州にも工場がいくつかあるが、これほど多数の労働者を必要とするものなどない。このあたりにある規模の大きい仕事場というと鉱山だけだ。

アネットはもういちど鉱山の画像を調べた。やはり大きな活動の形跡はない。採掘が活発に行われているわけでもなく、そのまわりの建造物で新たな工事が進められているわけでもない。彼女はふたたび市街地をくまなく調べなおし、新しい建物や〈大元帥《デウォンス》〉像が建造される兆候を見つけようとした。それでも何も見つからなかったので、アネットは市街地のまわりの道路、さらに鉄道線路にまで範囲を広げ、一五〇人の労働力が必要となる規模の新プロジェクトを見つけようと懸命になった。

それを実行するのに一時間かかったが、結局、成果は何も得られなかった。

しかし、アネット・ブローリーは陸軍で不撓《ふとう》不屈の精神を学び、諜報《ちょうほう》学校で微妙な差異まで見分ける高度な画像分析テクニックを学んでいた。自分が何かをつかみかけていることはわかっていた。だからそのまま根気よく調べを続行した。

北朝鮮のような国では、偵察衛星に見つからないようにひそかに行われる軍事活動がたくさんあるので、ミサイル開発に関係する何らかの動きを見つけてしまったのかもしれない、とアネットは思いはじめた。西海《ソヘ》衛星発射場（東倉里《トンチャンリ》ミサイル発射場）がある西朝鮮湾に突き出す小さな半島は、定州から西へわずか二五マイル。もしかしたら定州までをも巻きこむ秘密計画が進行中なのかもしれない。

それは自分が知る北朝鮮の動きかたにはまるでつながらないものだったが、もっぱら西海衛星発射場に関連する画像やデータを解析している同僚の分析官たちに話してみることに決めた。

二時間も費やして成果ひとつ得られず、無駄骨を折ってしまったような気がして、軽い欲求不満をいだいたまま、そろそろ昼食休みにしようかと思ったちょうどそのとき、ある考えが頭に浮かんだ。定州鉱山の西側、おそらく車で舗装道路を一〇分ほど走っただけで行けるところに、水力発電ダムがあるのだ。例の仮設宿泊施設があるところからも一時間で行ける。それでもなおアネットは確信がもてなかった。あそこで暮らす出稼ぎ労働者たちがやっているのは、ダムの改修工事ということなのだろうか？

アネットはモニター画面上に映し出された拡大画像から目をそらして、ダム全体が映る画像を見つけなければならなかった。次いでまた、それを拡大した。そうやって彼女はダムの各部分を順番に調べていき、工事が行われている証拠を見つけようとした。だが、何も見つけられなかった。

《まいった！》そのダムも白ということになると、この地域にある大きな建造物で彼女がほかに思い出せるものはもう何もない。

無意識のうちにアネットは、ちょうどカメラをパンするように拡大した画像を左右に振り、水力発電ダムがつくった貯水池の岸を目でたどっていった。貯水池の北岸に正方形の家が寄り集まる小さな村があった。彼女は左へパンするように画像を動かし、西岸――ダム堤体の反対側――が見えるようにしていった。

そして、おやっと思い、画像を移動させる途中で手をとめると、すこしだけ身を乗り出して顔をモニターに近づけた。

「これはいったい何？」思わず声を洩《も》らした。

高架線路のようなものの両側に長細い金属の屋根がいくつも見える。そしてその一連の屋根の東側に円形の構造物がずらりと並んでいる。タンクのようなものみたい、とアネットは思った。数えると、その施設全体に二六個あった。さらに近くに数台の車がとまっている。

「嘘《うそ》っ……こんなこと……ありえない」

いま自分が見ているものが何であるかわかったと思いはしたが、念のため、座ったまま椅子《いす》の座面を回転させて右側のモニターのほうを向き、グーグル検索画面に文字を打ちこみ、求める画像をインターネットから引っぱり出した。それはマレーシアのLAMPの画像だった。LAMPはライナス・アドヴァンスト・マテリアルス・プラントの頭字語で、オーストラリアの鉱業会社ライナスが所有するレアアース製錬施設のことだ。

アネットは北朝鮮の丘陵地帯にある貯水池のそばの施設にふたたび目をやった。

そしてまたLAMPに視線をもどす。

二つの施設はほぼ同一だった。

「あんたら、いったい何をしているの、そんな人里離れた場所で？」アネットは思わず声に出して問うた。

そして、またしてもキーボードで文字を打ちこんだ。三つ目のモニターの画面に、典型的なレアアース製錬施設の工程図が浮かび上がった。一分もしないうちに、円形のタンクはレアアース酸化物分離装置の一部であることがわかった。

アネットにとってはこれで確認完了。北朝鮮はレアアース鉱山開発ゲームに舞い戻ったのだ、それも大々的に。しかも彼らは中国との関係をきっぱり断ち切ろうとしている。製錬についても中国に頼らないつもりなのだ。

しかしそれには、ハイテク装置はもちろんのこと、膨大な専門知識と多数の技能労働者も必要となる。

北朝鮮が単独で鉱山開発を再開しようとしているとは、アネットにはとても思えなかった。

アネット・ブローリーは昼食時間中もずっと仕事をしていた。彼女はアトリウムと呼ばれる階下の大規模空間まで駆け下りると、二つあるカフェテリアのひとつでバナナ一本と動物《アニマル》クラッカー一袋を手に入れ、すぐまたオフィスまで駆けもどった。そして、バナナとクラッカーを食べながら仕事をつづけ、発見した驚くべき事実についてまとめ、パワーポイントで手早く、だがインパクトのあるプレゼンテーションをつくりあげた。

陸軍の情報機関にいたときも、アネットのおもな武器はパワーポイントのスライドショーだった。ただ、戦闘作戦に専念する兵士たちには不評を買うこともあり、ずいぶん悪態をつかれたものだが、彼女は彼らの気持ちがわからないでもなかった。アネットは銃を撃つわけでもドアを蹴破《けやぶ》るわけでもなく、単なる情報屋でしかなかったからだ。だが、スライドショーを見せた戦闘員たちにときどき目をぐりっと回されてあきれられても、自分はベストを尽くしたのだし、それが危険な戦闘に身を投じる兵士たちの助けになったという事実はあるのであり、彼女はそれに慰めを見出していた。

NGA（国家地球空間情報局）でのアネットの直属の上司はマイク・ピータースという名の海兵隊大佐だった。ピータースはアネットよりも二、三歳若く、彼女に言わせると〝おちゃめな美男子〟だった。彼は軍に所属する分析官をえこひいきして民間人の職員を軽んじるきらいがあるとアネットはときどき思うが、彼女のことは正当に評価しているようだった。彼女が勤勉なうえ、私生活の厄介ごとを仕事場にまで引きずってこないという点をピータースは気に入っていたのである。アネットよりも若い分析官のなかには、軍人・文民の別なく、彼女のようにはできない者たちもいたのだ。

アネット・ブローリーは午後三時三〇分にマイク・ピータースのオフィスのドアをたたいた。彼女はコンピューター・ネットワーク上にある上司のスケジュールをチェックし、ピータースの次の予定が三〇分後であることを確認していた。

入室の許可を得てアネットがなかに入ると、ピータースは書類仕事をしていて、顔を上げた。「よう、ブローリー。どうした?」

「いいもの、見つけました。一〇分、いいでしょうか?」

「もっといいよ。一六時から五階で会議がある。それまではわたしはきみのものだ」

《ふーん、ほんとうにそうならねえ》とアネットは思った。

アネット・ブローリーはピータースのコンピューターを使って自分が作成したパワーポイントのファイルをひらき、そのデータをオフィスの奥の壁に据え付けられているモニターに送った。そうやって二人は一〇分間いっしょにスライドショーを見ていった。アネットはまず、定州《チョンジュ》市街地《まちじゅう》のホテルのそばの仮設宿泊施設と、これまで見られなかった車がいまは市中にとまっているようすを上司に見せ、最後に定州の北にあるダムのそばの製錬施設を見せた。

プレゼンテーションが終わると、ピータース大佐はモニターからアネットのほうへ視線をもどした。「すると、中国鋁業《りょぎょう》公司、中国五鉱集団公司といった中国企業が定州にもどって、鉱石の処理をはじめようとしている、というわけか？　なぜ彼らはそんなことをする必要があるのだろう？」

「そんな必要はないです。製錬施設なら国境をひとつ越えただけの中国国内にあるし、そこへ鉱石を運ぶための道路も鉄道も橋もあります」

「では、きみの結論は？」大佐は尋ねた。

「わたしが導き出せる結論はただひとつ、これには中国は係わっていない、というもの」

「ではきみは、DPRKは単独でレアアースを抽出できるところまで鉱業を発展させた、と言いたいのかね？」DPRKは朝鮮民主主義人民共和国、すなわち北朝鮮。

アネット・ブローリーは首を振った。彼女はかなりの〝中核〟分析官だと自任していた。どんなことに関しても憶測をたくましくすることなどない。憶測こそ確実にミスをおかす方法だからだ。それでも、自信があるときは、自説をつらぬき、一歩も引き下がらない。「マイク、わたしはね、この鉱山の活動をずっと観察してきたの。DPRKがこれを単独でやっているわけではないということくらいわかります。だれかの手を借りているのよ」

「では、手を貸しているのはだれ？」

「衛星からのぞくだけでは、そこまではわかりません。それを知りたければ、CIAがスパイをひとり潜入させる必要があります」

ピータースは笑い声をあげた。「CIAでは休憩室かどこかで『ミッション：インポッシブル』を上映していたっけ？」

アネットも笑い声をあげた。「あら、そんなに現実離れしたこと？ HUMINT《ヒューミント》のことはよく知らないんです」HUMINTは人的情報収集、つまりスパイによる情報収集活動。「わたしは屋根や頭を見ているだけ。地上で何が起こっているのか、細かなところまではっきり知るには、だれか別の人の働きが必要になります」

ピータースはアネットの仕事が気に入っていた。彼女は注意深いのだ。ともかく、同水準の仕事をしている二十何人かの分析官の多くよりも注意深い。

「いい仕事だ」

「ありがとうございます」

「これはDNIまで上がるんじゃないかな」DNIは国家情報長官。「大統領日報に入る可能性だってあるかもしれない」PDBと略称される大統領日報（プレジデンシャル・デイリー・ブリーフ）は、アメリカ合衆国大統領が毎朝DNIから受け取る、全世界を対象にした最新にして最重要の極秘情報をまとめた報告書だ。

アネット・ブローリーは目を大きく見ひらいた。彼女の机の上には、にこやかに微笑むジャック・ライアン大統領の写真がある。それについては、大統領ファンの同僚たちでさえ、からかいの種にすることがある。「だったら、パワーポイント・プレゼンテーションをつくり直そうかしら？　もっと完成度の高いものに。もっと見栄《みば》えのよい生き生きとしたものに」

ピータースは首を振った。「ジャック・ライアン大統領の生データ好きは、情報機関コミュニティのだれもが知っていることだが、フォーリ国家情報長官が大統領執務室《オーヴァル・オフィス》で大統領となかよく座ってクリックしながらパワーポイント・スライドショーを披露するなんてことはない。プレゼンテーションのことは心配しなくていい。きみは素晴らしい仕事をした。さあ、オフィスにもどって、もっと見つけてくれ」

「もっと見つける？」

「きみの仕事はまだ終わってはいない、アネット」ピータース大佐はペンの先で露天掘りの採掘場の画像をコンコンとたたいた。「やつらが掘り出しつづけるかぎり、きみも掘り出しつづけるのだ」大佐はさも満足げにアネットにウインクして見せた。

「それ、いま思いついたんですか、ピータース大佐？　それともいままでとっておいたダジャレ?」

「いま思いついたのさ」大佐は誇らしげに答えた。「でも、ご期待に添って、これから何百回か使わせてもらうよ。なかなかいいだろう、おい?」

# 14

一年前

国有鉱業会社・朝鮮天然資源商事社長の黄珉鎬《ファンミンホ》は、対外情報機関・偵察総局長の李泰鎮《リテジン》中将にまだ一回しか会ったことがなかった。そしてその一回というのは、ちょうど一週間前、李《リ》将軍がアポなしで突然、黄《ファン》のオフィスを訪れたときのこと。そのときも李は軍服を着ていた。中将は家の外に出るときにはかならず朝鮮人民軍《チョソン・インミングン》の将校服を着ているのだと黄は思いこんでいたので、今朝、五二歳になる将軍がライトグレーの西洋のスーツに青いネクタイという服装をしているのを見てびっくりした。李はどちらかというと平服姿のほうがさらに立派に見えるな、と黄は認めざるをえなかった。きっと定期的に運動しているのだろう。それに引き替え、黄のほうは、宵に家族とともに散歩する時間もめったに見つけられなかったし、朝鮮天然資源商事の社長室まで階段をのぼっていくあいだによく息切れする。

二人は平壌《ピョンヤン》国際空港(順安《スナン》空港)のビジネスクラス・ラウンジで顔を合わせ、向かい合って立っていた。どちらにも少人数の取り巻きが付き添っていた。李のほうには、補佐役の大佐とボディーガードがそれぞれ二人ずつ。黄のほうには、お付きの者がひとりに副社長や高レベルの技術顧問が四人。まだ午前五時で、この日最初の旅客機が離陸するのは八時三〇分だったので、軍と国有企業に所属する男たちはラウンジを専有できた。その気なら李は、空港全体を閉鎖することもできたのだが、人目について今日の作戦が脅《おびや》かされる恐れなどまったくなく、全域を立ち入り禁止にする必要性を感じなかった。

黄珉鎬社長はここまで来てもまだ、自分はこれから国外へ出るのだということが信じられなかった。もっとも、わずか二四時間だけの出国にすぎなかったが。現在、ふつうの北朝鮮国民で外国へ行ける者など皆無に等しく、政府高官でもその機会を得られるのはごくわずかだ。北朝鮮は世界でもっとも〝閉鎖社会〟に近い国で、政府は力ずくで強引に国民を外の世界から隔離している。この国が国民へわたる情報をコントロールできているのは、それによるところが大きい。

だが、李はうまいこと根回ししてこの旅を実現してしまった。自分と黄のほかに、通訳、補佐の者たち合わせて九人の海外への旅行を手配し、人民保安部と交渉して、このきわめて異例な出国をはばむ障害を取り除いてしまったのである。無許可の出国を死刑に値する反逆行為と見なす国家では、海外旅行は明らかに重大事であり、李とその局長室はすべての段取りをつけるのにたいへん面倒な手続きを踏まなければならなかった。官僚制の壁の多くは「〈大元帥《デウォンス》〉様承認済みの作戦」という錦《にしき》の御旗《みはた》を振りかざして強行突破した。いやそれどころか李は、崔智勲《チェジフン》の最高指導者府にまで接触して旅行の許可を求め、人民保安部幹部との会合を数日にわたっておこなった。そしてその会合で、李将軍と黄社長は個人的な質問をたくさん受けて最高指導者への忠誠・献身の度合いを厳しく吟味され、しかるのちにようやく海外への旅行を許された。ただし、人民保安部員数人も部下のふりをして随行するという条件だった。

黄のような最高位の国有鉱業会社幹部が北朝鮮から出るときは、国家が組織した派遣団のひとりとして海外へおもむくことになっているので、今回の旅行はきわめてまれなケースということになる。むろん、そうした派遣団には、監視要員として送りこまれる人民保安部員がうじゃうじゃいて、その幹部が欧米諸国に拉致《らち》されないように警戒する。いや、だれもが知っているように、彼らが目を光らせて阻止しようとしているのは、実は幹部の亡命のほうだろう。

ともかく、黄のような国有鉱業会社最高幹部が海外旅行をするのはめったにないことだったが、偵察総局長が国外へ出るということになると、さらにないことで、李がほんのわずかでも外国に滞在するというのはまさに前代未聞《みもん》のことだった。

だが、李はそれを実現させたのだ。この作戦を成功させなければ命はないとわかっていたので、李と黄はとことん意欲に燃え、やるしかないと思い詰めていた。ゆえに、二人はルールブックをずたずたに引き裂くようなことをしたのである。

空港職員に無線で呼び出され、全員が列をつくってターミナルビルの裏階段をおりて地上階に達し、次いでおんぼろバスに乗って、北朝鮮国旗同様、赤・白・青に塗られた航空機のところまで行った。それは北朝鮮の代表航空会社《ナショナル・フラッグ・キャリア》である高麗《コリョ》航空の双発ジェット機Tu‐134（ツポレフ134）だった。

ジェット機のタラップをのぼりはじめたとき、黄は脚がふるえるのを感じた。興奮していたからではない――外国を訪れるのが嬉しくてワクワクしていたからではまったくない。ほんとうに、心底、恐ろしかったのだ。彼は生まれてこのかた五四年間、外国についての話を聞かされて生きてきた。悪い話ばかりで、良い話などひとつもなかった。故郷の町には、泣き叫ぶ北朝鮮人の赤ん坊を銃剣で突き刺すアメリカ軍兵士の像もある――外国人は悪魔なのだ。韓国と日本が病気の蔓延《まんえん》、犯罪の横行、道徳の退廃、肉体の衰弱に苦しんでいるというのも、だれもが知っていることである。

前夜、黄は妻と子供たちを抱きしめ、あふれ出ようとする涙をなんとかこらえながら、万が一わたしが戻ることがなかったら、心を強くもち、〈大元帥〉様をどこまでも信じるんだぞ、と妻子に言い聞かせた。

機内に入った黄は、好きな席を選んで座ることができた。最高八〇人の客を乗せられる飛行機なのに、この便の乗客はわずか一六人なのである。黄は李の隣の席に座ってシートベルトを締めると、押し黙ったまま、着陸したあと自分はどんなことに直面するのだろうかと不安を募らせ、手をふるわせていた。

Ｔｕ－１３４は南に向かって離陸し、朝霧のなかを上昇していった。李が今日の午後に予定されている協議の戦略について説明しはじめても、黄はうなずくことしかできなかった。

だが、四時間後、黄は協議までにやっておかなければならない準備に没頭し、この旅の未知の部分への恐怖心さえ忘れてしまっていた。飛行機が給油と出発地の隠蔽《いんぺい》のためにラオスの首都ヴィエンチャンに着陸したときも、黄は書類仕事に打ち込んでいて、ちょっと顔を上げただけだった。半時間もしないうちにＴｕ－１３４は空に戻っていた。

次いでシンガポールに着陸した。午後の通り雨の最中《さなか》だった。そこで彼らは李が指揮する情報機関の現地要員に迎えられ、車でマンダリン・オリエンタル・ホテルへ送りとどけられた。

ホテルの壮麗なロビーを見たとき、黄珉鎬は自分の目が信じられなかった。55号官邸の〝聖なる内陣〟を実際に見たことがある数少ない北朝鮮国民のひとりとして、黄はためらうことなく、このホテルは〈大元帥〉様の宮殿よりもさらに豪華だと断言できた。政府高官や王族だけでなく普通のビジネスマンにも享受《きょうじゅ》できるという、その一目でわかる贅沢《ぜいたく》さに黄は戸惑っていたが、李が同じように感じていることにも気づいていた。将軍が目を大きく見ひらき、チラチラ視線を左右にさまよわせていたので、李もまた、こういうものをいままで一度も見たことがないのだと、黄にもわかったのだ。

だが、二人とも、ホテルのプレジデンシャル・スイートへ向かうエレベーターのなかでも、その驚くべき豪華施設を話題にすることはなかった。すぐそばに国内治安組織の要員が数人いたからである。彼らに見張られて反応を観察されていることは、黄も李も承知していた。

最上階の廊下で北朝鮮の一団は、いかにも強健そうなスーツ姿の四人の男たちに迎えられた。黄・李グループの通訳——北朝鮮人の中年婦人——が英語で男たちに説明し、全員が二五〇〇平方フィート（約二三〇平方メートル）のプレジデンシャル・スイートに入った。

黄も李も、はるばるここまで会いにきた男の姿を見つけて、ようやく笑みを浮かべた。オスカル・ロブラス・デ・モタは堂々として見えた。がっしりした大柄の七三歳。にもかかわらず驚くほど健康そうで、老齢を完全にはごまかせないにしても、髪を染めているおかげで、活力あふれる精力的な人間のようには見える。背丈は黄よりも頭ひとつ高く、李よりも長身で、ロンドンのサヴィル・ロウで仕立てさせた美しい黒の三つ揃《ぞろ》いを身にまとっている。ロブラスは床から天井まである窓のそばに立っていたが、クルッと客たちのほうを向くと、弾むような元気な足どりで彼らのところまで歩いてきた。

ロブラスはあふれんばかりの並外れた能力と権力を有する者が凡俗に話しかけるような感じで、二人の北朝鮮人に自己紹介した。まるで二人が核保有国の最高レベルの高官ではなくて、サインをもらおうと並んでいるファンであるかのような話しかただった。

だが、それこそがロブラスのやりかたなのだ。成功者のなかには業績に見合う人格者にまるでなれない人もいて、オスカル・ロブラスもそのひとりなのだが、彼は勝利者であり、そのことを自分でもよく知っていた。

ロブラスはメキシコで三番目の大金持ちで、《フォーブス》誌の世界長者番付では二八位に入っており、彼個人および家族の資産総額は二四〇億ドルにものぼる。それはロブラスが裸一貫から築きあげた富ではなかったが、彼の会社はこの三五年間あたかもそうであったかのような話を広めてきた。実際は、ロブラス家の人々が三世代前に銅山開発で財をなし、それが現在のオスカル・ロブラスの資産の元手になったのである。ロブラス家の同族会社グルポ・パシフィコは、いまもなおメキシコ中で銅と亜鉛を採掘しているが、大儲《おおもう》けしたのは全国の掘削用地を借りて石油を汲《く》み上げることによってであった。そしてその後オスカル・ロブラスが、オフショアの会社や有限責任組合《リミテッド・パートナーシップ》を利用して世界中の鉱山にまで手を広げ、単独で同族会社を急激に成長させた。

彼が現在所有するか、かつて所有した鉱山は、世界中に散らばっている。たとえば、モザンビークのチタン鉱の一部、ボツワナとシエラレオネのダイヤモンド鉱。さらに、十数カ国にある金、銅、亜鉛、ニッケルの鉱山。

ロブラスは手にした莫大な富に物を言わせて、事業で得た金の流れを隠すための会社や銀行さえ、まるで手品のように設立することができた。黄珉鎬がオスカル・ロブラス・デ・モタのことを知っていたのは、ロブラスがかつて鉱山開発で北朝鮮と提携したことがあったからだ。もっとも、そのときの規模は、今日の協議で黄が提案する共同事業のそれとは比べものにならないくらい小さいものだった。

今日の協議のためにわざわざプレジデンシャル・スイートに持ちこまれた大きな会議用テーブルに全員がつき、北朝鮮の人民保安部員のひとりが小さな装置で盗聴器が仕掛けられていないか部屋中を調べたのち、ロブラスが厄介な質問をして会話の口火を切った。ロブラスは英語で言い、それを通訳が朝鮮語にした。

「金《キム》前社長はお元気かな?」ロブラスは尋ねた。「何年か前、大興《テフン》郡でのマグネサイト鉱山プロジェクトでは彼と楽しく仕事をさせてもらったよ。有能な男だとわたしは思った。ミスター黄、あなたが彼に代わって朝鮮天然資源商事社長になったのは、彼が病気になったからと聞いているが」

黄はどう答えるべきなのかわからず、しばしためらった。この協議を監視するために送りこまれた人民保安部の番人も、会議用テーブルからすこし離れたソファーに座って、無表情の顔のまま黄をじっと見つめている。

「ええ」黄が通訳に答えると、彼女はそれを楽々と英語に換えていく。「たしかに彼は病気になったのですが、回復します。しかし、社長の仕事というのはなかなか厳しく、いまの彼には耐えられません。ですから、回復しても、美しい庭を世話しつつ、幸せな大家族との生活を楽しむことになります」

ロブラスは笑みも浮かべずにうなずいた。「なるほど、わかった」

このメキシコ人は実際にどうなったのかちゃんと理解したのではないか、いや、しっかりわかったにちがいない、と黄は思った。なにしろロブラスは何十年ものあいだ北朝鮮の鉱山開発に取り組んできた男なのである。金前社長がやったような重大な背信行為に対して北朝鮮の最高指導部が無慈悲な罰を与えるのは、彼にはむしろ当然のことで、何ら驚くことではないはずだ。

この件が片づくと、黄珉鎬社長は次の一時間を使って、中国の協力なしに定州《チョンジュ》レアアース（希土類）鉱山の開発を再開するという企画案を説明した。黄の説明はおおむね次のようなものだった――必要な技術や情報の獲得については李将軍が手を貸してくれるのであるていど実現できるが、鉱山事業を立ち上げて運営するところまでもっていくのに不可欠なすべてのものを手に入れるには、初期投資用の外貨と外国の共同事業者による支援体制が欠かせない。

ロブラスは礼儀正しく耳をかたむけていたが、きわめて淡白な反応しかしていなかった。鉱業担当の大臣が訪ねてきて手を貸してほしいと言うことなど日常茶飯事なのである。つい先月も、コンゴの大臣が接触してきて国内の新しい鉄鉱山の共同開発者になってくれと頼んだ。ロブラスは辞退した。自分がかかえる地質学者たちが、その新発見の鉄鉱床の規模に疑問をいだいたうえ、ロブラス自身も、コンゴで自分が手がけている鉱山からあがる利益にあまり満足していなかったからである。

ただ、今回は、絶対に見逃せない機会を提供すると北朝鮮人たちに保証され、巧みに説得されて遠いアジアにまでやって来ることを承知してしまった。もちろん、最近中国が手を引いたレアアース鉱山がらみの話であることはわかっていたし、それにはもとより興味があった。ロブラスは世界の鉱業界の最新情報に通じていたので、定州鉱山のような大発見を見過ごすわけがなかった。中国は共同開発をつづけたかったのに崔智勲が追い出したということも彼は知っていた。ともかくロブラスは、北朝鮮の洗脳されたチビの間抜けどもがどんな提案をするのか知りたくて、シンガポールへ飛び、じっくり話し合ってみようという気になった。

彼には投資し、文字どおりにも比喩《ひゆ》的にも山を動かすことはできた。ただし、それを実行する気になるのは、北朝鮮側が定州レアアース鉱山の真の値打ちを明かし、契約条件を提示して、取引する価値があるということを証明して見せた場合のみだ。

黄は英語にした中国の調査結果をそのままロブラスに見せた。オスカル・ロブラスはとても信じられなかった。北朝鮮の国土の下にかなりの規模のレアアース鉱床があることはわかっていた。なにしろ中国が崔《チェ》に拒否されたにもかかわらず共同開発を継続しようとさんざん抗《あらが》ったくらいなのだ。だが、現在の価格で一二兆ドル分のレアアースが定州の岩場のすぐ下に埋まっていると断言されたのだ。鉱業を生業《なりわい》とするメキシコ人にとって、それはまさに驚愕《きょうがく》すべき話だった。

ロブラスはいくつかの点でさらなる明確な情報を求めたが、黄はそれを開示する準備もしていた。黄の手もとには、検査データのほか、鉱床の規模を推算した地質学者たちの経歴もあった。

次いでロブラスは黄と李の意表をついた。

「興味はある。だが、わたしはビジネスマンだからね、自分が係わることになるものをしっかり知っておきたい。あなたがたの国にはもう二〇年以上も行っていない。そのプロジェクトに投資するなら、現場を自分の目で見ておきたい」

黄は最初、戸惑った。「中国人たちが見つけたものはすべて、この資料のなかにあります。どうぞご自由に時間をかけてゆっくりご覧いただいて――」

通訳の言葉をさえぎってロブラスは言った。「いや、それではだめだ。北朝鮮へ行って、この目で商品を見たい。鉱山、提案された製錬施設の建設予定地、すでにあるインフラを見ておきたい。そして、それらが気に入り、そこに可能性を見出《みいだ》すことができ、共同開発事業の条件がこちらにとって好ましいものであれば、いっしょにビジネスをする」

黄は応《こた》えた。「わかりました。いつおいでになりますか？」

「いま、空港に飛行機があるんだろう。今夜、帰国するあなたがたといっしょに行きたい」

「今夜？」

「そう。いま行かなかったら、あなたがたはわたしを一週間、いや、一カ月待たせ、そのあいだに鉱山を実際よりもよく見せる工作をする。たとえば、訪問するわたしに見せるために、送電線のルートを変えたり、発電機を平壌から持ってきてトラックで丘陵地帯まで運び上げたりする。さらに、国中の熟練鉱員をひとり残らず定州に移動させ、わたしに見せるためだけにこしらえた新しい制服を彼らに着せる。わたしはね、この仕事をずいぶん長いことやっているんだよ、アミーゴ。そうしたトリックはぜんぶお見通しだ」

黄は困惑し、即答できずにいたが、この協議ではほぼずっと黙りこんでいた李将軍が、突然立ち上がった。そして、いかにも軍人らしい口調で言った。「では、善は急げ、早速行きましょうか」

歓迎委員会が準備に注ぎこめたのは一二時間弱にすぎなかったが、平壌《ピョンヤン》に到着したオスカル・ロブラス・デ・モタは国家元首のような待遇を受けた。ただ、彼の到着を記録するカメラは一台もなかった。訪朝した外国要人のための邸宅で、ロブラスは次々に政府高官と会い、彼らは「定州《チョンジュ》レアアース鉱山の共同開発を承知していただけたら、全面協力する」と約束した。

ロブラスがこれまでに北朝鮮でやってきた鉱山開発は彼にとっても儲かる事業になっていたし、北朝鮮は共同開発者としての責任を立派に果たしたと評価できたので、ロブラスは定州へ向かう前に早くもこの取引に同意する気になっていた。

翌朝、彼らは長い車列を連ねて北へ向かった。ロブラスは李泰鎮《リテジン》、黄珉鎬《ファンミンホ》とともに軍用SUVのシートに座っていた。定州までの道中、三人はほとんど言葉をかわさなかった。三人とも、言うべきことはすべて、すでに言っていたからだ。大柄のメキシコ人にとって、あとやるべきことといったら、自分の目で鉱山の現場を見ることくらいだった。

ロブラスはその日を鉱山で過ごし、その採掘場から数キロ西の製錬施設建設予定地も見にいった。整地されたところを歩いた。エナメル靴が泥と小石におおわれてしまった。ロブラスは片膝《ひざ》をつき、素手で土をつまんだ。

そして最後に黄《ファン》と李《リ》に微笑《ほほえ》みかけた。「メキシコのシエラ・マドレ山脈とあんがい似ているな」

二人の北朝鮮人は笑みを返した。


それからの二カ月間、ロブラスはメキシコシティの社長室にこもり、側近たちとひそかに仕事を進め、レアアース鉱山開発をほとんどゼロから立ち上げるのに必要なものを入手するうえで生じる問題を解決しようとした。どれほどの量の水を持ってくればよいのかという問題から、開発の成功をはばむ国連制裁リストへの対処法まで、ありとあらゆる障害を取り除く手立てを探った。ロブラスは黄《ファン》およびその幹部社員と緊密に連絡をとり合って作業をつづけ、李《リ》とも連携して、北朝鮮対外情報機関の長にさまざまな指示を出し、定州《チョンジュ》レアアース鉱山開発を成功に導く戦略を練った。

黄が提示した条件は異例なものだったが、ロブラスは受け入れ可能と判断した。まず言うまでもないが、巨額の初期設備投資が必要になり、ロブラスは北朝鮮のオフショア口座に数百万ドルを送金することになった。それは手付金と言ってもよいもので、北朝鮮にとっては大金だったが、ロブラスにとっては端金《はしたがね》だった。

次いでロブラスがやるべきことは、自分の資金を使って設備と人員を北朝鮮に送りこむことだった。これには六〇〇〇万ドルをはるかに超える金額が必要になる、とロブラスは推算していた。むろんロブラスは、一年半以内にレアアース生産を開始せよとの崔《チェ》の命令を知らされていた。たしかにきついスケジュールではあったが、定州の地中に一二兆ドルが埋まっているという事実にはロブラスも意欲を掻《か》き立てられ、この鉱山開発事業を絶対に軌道に乗せてやるという気になっていた。

ロブラスがそのあとにやらなければならない三番目の資金投入が最大のものになる。レアアース製錬施設での生産が開始される日に、彼は五億ドルの現金を一括して北朝鮮に支払うことになっているのだ。たしかに莫大《ばくだい》な金額である。しかも、その前にも二度、資金投入をしているのだ。だが、その支払いのあとは、契約条件は断然ロブラスのほうに有利になる。投資した資金は五年以内に回収できるし、そのあとはもう巨額な純利益が入りつづけ、その金をどうやって貯《た》めこみ、洗浄すればいいのかということだけが、おもな関心事になる。

北朝鮮側が開発を前倒しにできる契約をうまく利用したいと考えていることは、このメキシコの実業家にもはっきりわかっていた。早いところ国内に現金を注入しなければならない理由があるのだろう。ロブラスはその理由を知らなかったし、訊《き》きもしなかった。なにしろ北朝鮮は極貧国なのだ。ロブラスもこの鉱山の利益が一般民衆の生活向上に使われることを望んではいたが、そんなことはまずありそうもないとも思っていた。彼らは稼いだ金をぜんぶ贅沢品や核ミサイルに浪費してしまうのかもしれないな、という疑念がロブラスの頭をよぎったが、それは一瞬のことだった。そもそもそんなことは彼にはあまり気にならなかったからである。

ロブラスは今回の鉱山開発事業のどこからも自分の名前が出ないようにしようとした。そうすれば、万が一この事業が世界に知られるようなことになっても、北朝鮮がまるでストラディヴァリウスで独奏するかのように、単独で世界の鉱業を手玉にとり、労働力、専門家、機械、天然資源を巧みに動かし、すべてを上手にまとめあげたかのように見える。多くの者がＤＰＲＫ（朝鮮民主主義人民共和国）は国外のだれかの助けを借りていると考えるだろうが、ロブラスはこの冒険的事業でも、制裁措置など受けていない他の国々で実行してきたプロジェクトと同じように、自分がやる部分は秘密裏に決行することにしていた。

側近たちはリストや図表や実情報告書をつくって、この計画を実行するうえでの困難について検討したが、そのなかでいちばんの問題はやはり、なんといってもレアアース鉱石の処理のように思えた。鉱山を整備して鉱石を採掘するのは、ロブラスと黄が力を合わせればできたし、製錬済みのレアアースを北朝鮮ができるだけ高値で世界市場に出せるように手を貸すこともロブラスならできたが、レアアース鉱石の製錬そのものは高度な技術と複雑かつ多数の工程を必要とし、ロブラス率いるグルポ・パシフィコの力をもってしてもできなかった。自分たちで製錬までやってしまうレアアース鉱山も世界にはあることはあるのだが、数は少なく、アメリカ、中国、カナダにあるだけだ。オーストラリアのレアアース鉱山でさえ、採掘した鉱石をマレーシアに建設した処理施設に送って製錬している。

だが、北朝鮮の場合、オーストラリアと同じことをするわけにはいかない。彼らはそれを自分たちで、自国の鉱山で、やらなければならない。

これもまた、〝デューク〟・シャープスのところに持ちこんで解決せざるをえない成否を決定する重大な問題だった。

ロブラス率いるグルポ・パシフィコはこの一〇年間、不正な産業スパイや企業調査を繰り返し、その多くをニューヨークに本拠をおくシャープス・グローバル・インテリジェンス・パートナーズに依頼して成果を得てきたので、シャープスを頼りにしていた。だから、シャープスとふたたび契約を結ぶのはたやすいことだった。

ロブラス自身がカリブ海に浮かぶセント・マーチン島の豪華なホテルでシャープス

に会い、今回の北朝鮮レアアース鉱山開発計画の全貌《ぜんぼう》を説明した。元ＦＢＩ国家保安部防諜《ぼうちょう》課捜査官はこの依頼を二つ返事で引き受けた——もちろん、ロブラスがシャープスの民間インテリジェンス会社に経費プラス報酬を約束したあとのことだが。シャープスはこの仕事の報酬として途方もない金額を要求した。オスカル・ロブラスはこの厚かましいアメリカ人に憤慨することがよくあった。法外な報酬を要求するうえに、本格的な汚れ仕事をするのをときどきしぶることがあるからである。シャープスはスパイ行為も、あるていど法を破ることもいとわないし、かなり危ういこともすこしはする。だが、ロブラスのような仕事をしている男はときとして過激な手段をとる必要に迫られることがあるのに、シャープスは一線を越えないようにしていて、真の汚れ仕事をすることはない。

　とはいえ、シャープスとその部下たちにもそれなりの役割がある。外国人を北朝鮮に密入国させる手伝いなら、彼らにもできる。さらに、資材・機材の運送を手伝うことも、生産施設が必要とする他社専有のソフトウェアを盗むこともできるし、投票権のある議員や国連の委員に圧力をかけて制裁措置を緩和させ、北朝鮮が望むとおりに金《マネー》や資材・機材を動かせるようにすることもできる。だから、つまるところ、〝デューク〟・シャープスが途方もない報酬を要求し、商売上の敵を暗殺することも誘拐することも打ちのめすことも拒否しても、オスカル・ロブラスのなかのビジネスマンはシャープスとその部下たちに支払う金は一セントたりとも無駄ではないのだと知っていた。

# 15

## 現在

机上に置かれていた携帯電話のアラームが鳴りだし、ジョン・クラークは目の前の書類から目をそらし、時間を告げる電子音をとめた。彼は軽く溜息《ためいき》をついた。午前一〇時。一日一回の手の訓練の時間だ。

《畜生め》ジョンは思った。《一〇時は毎日やって来るというわけだ》

立ち上がり、オフィスのドアを閉めると、机の引出しをあけ、なかからラケットボール用の青いゴムボールをひとつとりだした。椅子《いす》の背に上体をぐっとあずけ、ボールを持った右手を前に突き出し、全身の力をふりしぼってボールをにぎりしめようとした。

他のさまざまな運動はみな、自宅であるメリーランド州エミッツバーグ近郊の農場に自分のためにこしらえた小さなジムでやっていたが、そこでのトレーニングはむしろ楽しかった。ところが、この手の機能回復訓練をやりはじめると、惨《みじ》めな気分になり、不愉快にしかならない。

クラークは二年前にロシアで拷問《ごうもん》を受け、手を打ち砕かれてしまったのだ。そして、これまでに六度も再建手術を受けたのに、右手の人差し指はいまだに硬直したままで、力が入らず、思うように動かせない。その指の関節炎と小関節そばの瘢痕《はんこん》組織が根本的問題であり、外科医には損傷部を修復するためにできることはすべてしたと言われてしまった。そこでジョンが、自分で人差し指の状態を改善する方法があれば教えてほしいと頼むと、医師は肩をすくめてこう答えた。

「まあ、指の体操をする――指を動かそうとすることですな。そうやって筋肉を強化し、組織をストレッチするのです。ただし、ひとつだけ問題があります。指の関節炎です。手のトレーニングをすれば痛みます。毎日、それをするたびに痛むでしょう」

医者は、高齢者に完全な回復をあきらめて快適な老後を楽しみなさい、と諭しているつもりだった。つまり医者はジョン・クラークがどういう人間かまったく知らなかった。クラークはこの一〇秒間の手引きを喜んで実行することにした。めちゃくちゃにされた手をどうにか動かせるようにするには、そうする必要があると医者に言われたからだ。だから、その日からひどい痛みに耐えなければならない二〇分の筋肉強化・組織ストレッチ・トレーニングを毎日やりつづけた。

医者の言ったとおりだった。そう、痛んだのだ。ひどく。毎日。しかも、そうした苦痛にもめげずにトレーニングをつづけているのに、引き金指《トリガー・フィンガー》の人差し指はいまになっても言うことを聞かないので、クラークは中指で拳銃《けんじゅう》を撃つようになってしまった。その結果、クラークが中指を突き立てる〝くそやろう《ファック・ユー》〟の仕種《しぐさ》をしたときは本気で〝ぶっ殺すぞ〟と言っているのだ、というジョークが〈ザ・キャンパス〉内で飛びかうようになった。それでも、右手そのものは、午前一〇時の〝自力拷問トレーニング〟をつづけたこの数カ月のうちに著しく回復した。

ジョン・クラークはボールをにぎりしめはじめた。強い熱感が手の甲に広がり、人差し指の先まで突き上がった。ジョンは痛みに顔をしかめた。
と、そのとき、オフィスのドアが勢いよくひらいた。

クラークは慌《あわ》ててボールをおき、顔を上げてドア口に目をやった。ジャック・ライアン・ジュニアがそこに立っていた。手に紙を一枚つかみ、満面に笑みを浮かべている。

「おい、ノックしたか、キッド?」

「すみません、ジョン」ジャック・ジュニアは謝ったが、ずいぶん興奮しているようで、おざなりな言いかただった。

クラークは盛大な溜息をついた。「どうした?」

「スカーラ」

クラークはピンと来ないようだったので、ライアンは説明した。

「ヘイゼルトンが今際《いまわ》のきわに書いた名前。覚えています?」

「もちろん。で、どんなやつだったんだ?」

「ヘイゼルトンはプラハの空港と関係があるような書きかたをしていました。ですから初めその線から追いました。でも、どこにもたどり着けそうもなかった。空港に関係する者たちを調べていっても、スカーラという名前の人物はひとりも見つけられませんでした。でも、とうとう見つけたんです、カレル・スカーラという名の男をね。EU——欧州連合——の事務処理を担当するチェコ外務省・下級事務官です。プラハの外務省ビルのオフィスを拠点にして仕事をしているので、最初、空港との関係がわかりませんでした。でもね、すこし深く探ってみますと、わかったんです——彼はあらかじめ時間を決めて、ヴァーツラフ・ハヴェル・プラハ国際空港の税関・出入国管理事務所で、海外へ渡航するEU外交官と会うということもしているんです」

そりゃすごい、とクラークは思った。「そいつがヘイゼルトンに何かを渡し、それを北朝鮮の野郎どもが必死で手に入れようとした、と考えても、いいかげんな当て推量というわけでもなさそうだな。そもそもその男が持っていて、やつらがそんなに欲しがったものって、何だったんだろうな?」

その答えは、問いを発したクラークにもわかっていた。彼はただ、ジャック・ジュニアもわかっているのかどうか確認したかっただけだ。

ジャックは自信満々に答えた。「たぶん渡航に必要な書類です。それは外務省が扱うものですからね。パスポートや入国ヴィザやその他のEUの書類の発給。スカーラが担当する仕事のなかには、チェコの外交職員のための渡航書類の準備も含まれているのです。この男は自分がヘイゼルトンに渡したものが何であるか知っています。ということはたぶん、なぜヘイゼルトンが殺されたのかも知っているはずです。ですから、その男に会いにいくべきです」

クラークは立ち上がった。「ようし、みんなを招集し、ジェリーに話しにいこう」

二〇分後、ジェリー・ヘンドリーは会議室のテーブルにつき、〈ザ・キャンパス〉の全工作員にかこまれていた。〈ザ・キャンパス〉の長はこめかみをさすった。「チェコへ行って、そのスカーラとかいう男について見つけられることを見つけたいというわけか」

「そうです」ジャック・ライアン・ジュニアは応えた。

「秘密裏に？　それとも公然と？」

「秘密裏にです、もちろん」

ヘンドリーはクラークに視線を投げた。「きみはどう思う、ジョン？」

クラークは答えた。「わたしは賛成です。ライアンとカルーソーをプラハに送りこめます。そして、二人が向こうへ行っているあいだ、残りの者たちはニューヨークへ行く。SGIP――シャープス・グローバル・インテリジェンス・パートナーズ――がやっていることについて、もうすこし知っておくべきで、そちらにも要員を投入したいのです」

サム・ドリスコルが言った。「ジョン、あなたはシャープスを知っているんでしょう？」

「知っていた」

「旧友というわけですか？」

クラークは横目でドリスコルをチラッと見た。「たとえ〝デューク〟・シャープスが燃えていたって、おれは小便もかけてやらんよ」

「シャープスについてはメアリ・パットも同じ気持ちのようだ。シャープスは何をしたというんだね？」ヘンドリーが尋ねた。

「〝デューク〟・シャープスは9・11同時多発テロ直後、FBI国家保安部防諜課にいた。そして仕事場はニューヨークのマンハッタンだった。で、昇進してFBIマンハッタン支局の長になってしまった。当時は防諜の仕事に多大な統率力を必要としていた時期で、だれもが粘り強くあきらめずに仕事をしつづけることを自分の務めと考えていた。ところが〝デューク〟・シャープスの野郎は9・11を儲けるチャンスと見なした。やつはFBIをやめ、自分でコンサルティング会社をはじめた。FBIはシャープスの専門知識と技能を必要としていたので、結局、野郎に在職時の給料の数倍の報酬を支払うことになった」

ドリスコルが肩をすくめて言った。「それはまあ資本主義、単なる金儲けのようにも思えますが」

「もっと悪くなるんだ。SGIPはもっぱら連邦政府の仕事をする会社として設立されたのだが、シャープスは数年のあいだにゆっくりと民間部門にまで手を広げていって、企業のスパイ活動や対スパイ活動を支援するための新たな部や課をつくっていった。それでも、聞くところによると、連邦政府から請け負ったニューヨークでの仕事はなお文句のつけようのない第一級のものだったので、政府が干渉するということはなかった。ところが、しばらくして、やつがやっていた民間部門の仕事は、だれもがそう思っているものとは少々ちがうことが明らかになった。シャープスがサウジアラビアのためにニューヨークでイスラエルのモサド要員を特定する仕事をやっていたことが発覚したんだ」

ドリスコルは思わず声をあげた。「なんてこった。そんなことをして、シャープスはいったいなぜ刑務所行きになっていないんですか？」

「シャープスの野郎は、シェブロンのための仕事——ライバル社に対する企業インテリジェンス活動——をしているのだと思っていた、と主張したのさ。尾《つ》けていた男たちがモサドだったなんて、まったく知らなかった、とも言い張った。公聴会に召喚されたが、さまざまな理由からその会は非公開にされた」

「なるほど」ドリスコルは言った。「たしかに、シャープスみたいにいろいろ知っていて、秘密情報取扱資格《セキュリティ・クリアランス》も有している男が、公開の公聴会で発言するとなると、さまざまな問題が生じる可能性がありますよね」

「そういうことだ。結局、政府は、シャープスがそれと承知して外国のために働いていたということを証明できなかった。シャープスは連邦政府との契約をすべて打ち切られた。ライアン大統領がそうなるように取り計らったのだ。連邦政府から仕事を一切もらえなくなったら、SGIPは立ち行かなくなり、消えてなくなるだろうと、だれもが思った。ところが、妙なことが起きた……」

ドリスコルは〝信じられない〟とばかり首を振った。「シャープスはアメリカ政府の金をもう必要としなくなった」

「そう。それまでにやった人目を引くFBIの仕事やアメリカ政府との契約を実績として宣伝に利用し、そりゃもう多くの仕事を外国人からいただいたというわけさ。簡単に言ってしまえば、シャープスは世界の悪党どもに現場要員を提供する男になったのだ。つまり、どう見てもアメリカ人としか思えない工作員が欲しくなった悪党どもに頼られる存在になったのさ。そいつらは、アメリカで作戦を展開するか、別の国で何らかの工作をアメリカの仕業《しわざ》だと思わせてやる必要が生じたとき、シャープスに声をかけるようになったのだ」

「でも、だれも何も証明できない」

クラークは首を振った。「そうだ、何ひとつな。シャープスは海外にも会社を所有していて、そういう会社が、いかがわしい政府とか犯罪グループとかが設立した海外の別の会社と連携し、いろいろと工作するわけだ。絶対に尻尾《しっぽ》をつかまれない安全なシステムさ。ともかく、いままでずっとそうだった」クラークはせせら笑った。「この売国野郎が他国の利益のために働く者から金を受け取ってインテリジェンス活動をしていることがわかったら――それを示す証拠をひとつでも見つけることができたら――たとえ受け取った金がほんのわずかであろうと、おれはあいつの大事なところに釘《くぎ》をぶっ刺して野郎をFBI本部ビルの玄関の階段に張り付けてやる。FBIで得た知識、情報、経験を利用して犯罪行為で稼ぎまくるなんてことをしない勤勉実直な男女捜査官たちへの贈り物だ」

クラークはすでにニューヨークでシャープスを監視する気になっていた。「出発は明日になるな。準備に一日は必要だ。今日は装備を集め、輸送手段と現場の隠れ家《セーフ・ハウス》を確保する。それから下のIT部へ行って、SGIPの社屋の外にある監視カメラの映像をのぞけるようにしてくれと頼んでみる」

ジェリー・ヘンドリーは言った。「よし、わかった。どちらの作戦にも賛成だ。諸君、幸運を祈る。今度の仕事はなかなか難しいぞ。シャープスも配下の者たちも、仕事の技量はかなりあるし、ニューヨークは彼らの縄張りだ。地下鉄や渋滞のなかにまで尾《つ》けていってはいけない。そんなことをしたら、かならず気づかれる」

クラークは返した。「ええ、そのとおり」

ジャック・ライアン・ジュニアはなぜ自分が海外の任務のほうに回されたかわかっ

ていた。この二、三年間、顎鬚《あごひげ》をたくわえたりして風貌を変える努力をいろいろしてきたおかげで、アメリカの街中《まちなか》でも大統領の息子だと気づかれることはほとんどなくなっていたが、プラハならさらに気づかれずにすむからである。ジャック・ジュニアは、自分が中途半端《はんぱ》に有名であることが〈ザ・キャンパス〉の作戦に参加するたびに脅威の一部にならざるをえないという状況が嫌でたまらなかった。だが、自分以外のだれも責めるわけにはいかない。いや、正確に言うと、悪いのは自分自身が有名であるということではなくて、父《ダッド》が世界中のだれもが知っている有名人であるということなのだ。ともあれジャック・ジュニアは、みずから選んで秘密情報活動要員として生きようとしているのであり、有名人であるにもかかわらず匿名《とくめい》性を必要としていて、いわば正反対の二つのことに引き裂かれている状態にあった。

自分の人生がふつうではないことはジャックにもわかっていた。それで困ることもときにはあったが、何よりも大切なのはいまの仕事であり、それをやめるつもりは絶対になかった。「ありがとうございます、ジェリー。これは調子に乗っているということになるのかもしれませんが、できればですね、ギャヴィンがいっしょに来てくれるとありがたいのですが」

ジェリー・ヘンドリーは驚きをあらわにした。「IT部長をプラハへ？　なぜ？」

「スカーラが今回の件にどのように係わったにせよ、彼は国家公務員としての正規の職務を遂行したのではなく、裏ルートで秘密裏にその仕事をしたのではないかと、わたしは思います。でないと話はむしろおかしくなります。SGIPがチェコ政府と契約して仕事をしていたはずはないので、スカーラがSGIPの仕事をしていたとなると、彼はアルバイトをしていたのでしょう。ということは、関係者との連絡には個人の電話かコンピューターが使われた可能性が高いわけです。スカーラがだれと連絡し合っていたかを知るには、彼の電子機器から関連情報をすべてかすめとらなければならないと、わたしは思っています。そして、彼に気取られることなくそれをするには、そうした機器が置かれている場所へのわれわれの侵入は、できるだけ短時間ですまさねばならなくなるのではないかと思うわけです」

「すでにデータが削除されてしまっていたら？」

ジャックはためらうことなく答えた。「あっ、それはもちろん削除されています。でも、わたしはギャヴィンの仕事ぶりを見てきました。彼はまさに〝魔法の嗅覚《きゅうかく》〟をもつブラッドハウンド犬です。痕跡さえ残っていれば、たとえ削除されたものであろうと、ギャヴィンだったらかならず復元できます」

ヘンドリーは考えこんだ。〈ザ・キャンパス〉の工作部が時間的制約のある作戦をするたびにギャヴィン・バイアリーを現場に送りこむというのは、あまり賛成できない。うちの作戦はほぼ例外なく時間的制約があるものであり、IT部長はひとりしかいないのだ。

ジャックはボスのためらいに気づいた。「もちろん、頭をぶったたいてカレル・スカーラを拉致《らち》するという手も可能です」

これは冗談だったが、ヘンドリーはムッとして片眉《まゆ》を上げた。

ジャックはにやっと笑った。「すみません。冗談です。いいんです。ギャヴィン抜きでも大丈夫。なんとかやります」

ヘンドリーはジョン・クラークのほうを見やった。クラークは〈ザ・キャンパス〉の工作部長なのだ。「ギャヴィンをプラハへ送りこんだら、ニューヨークでの作戦遂行に悪影響が生じるのではないかね？」

クラークは首を振った。「ニューヨークの作戦に必要なのは、SGIP社屋の見取り図、職員リストといったものです。忍びこんでオフィスをのぞくことにした場合は、警備システムを無力化する必要もあるかもしれません。でも、そのていどのことはすべて、ギャヴィンの部下たちにも楽にできることです」

「よし、わかった」ヘンドリーはジャック・ジュニアとドミニク・カルーソーのほうを向いた。「ギャヴィンを連れていくことを許可する。ただ、ひとつ条件がある。どこも壊さず傷つけず、きれいなままのギャヴィンを返すこと」

ジャックとドミニクは思わず噴き出した。

ギャヴィン・バイアリーは、ヘンドリー・アソシエイツ社――〈ザ・キャンパス〉――の新社屋が気に入らない、ただひとりの職員と言ってよかった。地位も仕事も旧社屋のときとまったく同じだったが、自分が率いるIT部が自由に使えるスペースがウェスト・オーデントンの社屋のそれの半分になってしまい、ギャヴィンにはそれがひどい仕打ちのように思えてならない。

たしかに〈ザ・キャンパス〉は贅肉《ぜいにく》をそぎ落としてスマートな組織になった。そもそもIT部は以前ほどのスペースは必要ないのだし、ヘンドリーが大金を注ぎこんで装備を一新し、その多くはギャヴィンが旧社屋で使用していたものよりも高性能なものになった。それでもギャヴィンが不満なのは、大規模なIT活動を管理し支配しているという感覚が好きだからである。ウェスト・オーデントンの旧社屋では、コンピューターがもっとあり、人員ももっといて、ギャヴィン・バイアリーはそのすべてを自由に操れる支配者だったのだ。

〈ザ・キャンパス〉は設立されて以来、何年にもわたって、メリーランド州フォート・ミードのNSA本部とヴァージニア州マクリーンのCIA本部のあいだでやりとりされる衛星経由データを傍受し、まだ分析などで加工されていない生情報の多くを得てきた。傍受には多数のパラボラアンテナが必要で、ウェスト・オーデントンの九階建ての社屋ビルの屋上にはそうした大アンテナ群が設置されていた。

CIA－NSA間電波は捉《とら》えるのさえ難しいうえに暗号化されてもいるので、たとえ傍受できたとしてもデータを解読することはできない。ところが、ギャヴィンとその部下たちは、最新鋭の解読ソフトウェアとそれを動かすのに必要となる大量の最先端ハードウェアを利用して、見事にCIAとNSAの暗号を打ち破ってきた。

だが、歳月の流れとともにテクノロジーも変化し、いまやギャヴィンは、VPN（ヴァーチャル・プライヴェート・ネットワーク）――インターネット上に仮想《ヴァーチャル》通信トンネルをつくって第三者のアクセスを不能にした組織内《プライヴェート》ネットワーク――にひそかに侵入して構築したバックドアを利用する。それを使えば、JWICS《ジェイウィックス》（ジョイント・ワールドワイド・インテリジェンス・コミュニケーション・システム）をはじめとする政府機関ネットワークのあらゆるデータにアクセスできるのだ。ちなみにJWICSとは、おもに国防総省、国務省、国土安全保障省、司法省が極秘情報をやりとりするさいに用いる相互連絡コンピューター・ネットワークである。アメリカの情報機関コミュニティが超機密データの転送に使用する、最高レベルの安全度を誇る極秘イントラネットであるIntelink－TSも、そのJWICS上で運用されている。

だから、いまはもうパラボラアンテナなどないし、通信ケーブル用シャフト内を行き来する何マイルにもおよぶ電線もいらない。暗号解読にだけ使われる大型汎用コンピューター《メインフレーム》も必要ない。ただ、ここアレクサンドリアの新社屋にもメインフレーム・コンピューターは一台あって、ギャヴィンはそれにほかの仕事をさせることができる。

衛星通信傍受用パラボラアンテナと膨大な量の配線がなくなったことはギャヴィン・バイアリーにとっては寂しいことだった。彼は必要に迫られてやむなくVPN経由でJWICSにアクセスする方法を開拓したのである。〈ザ・キャンパス〉が中国の特殊部隊チームにウェスト・オーデントンの旧社屋を襲撃されて、引っ越ししなければならなくなり、CIA－NSA間の通信電波を傍受するのに必要な見通し線――送信・受信アンテナを結ぶ直線――上に位置することができなくなったというのが、新方法を開拓せざるをえなくなった理由だった。ギャヴィンは大量のコンピューターと通信機器からなる大規模IT設備を失うのは残念でならなかったが、新システムの設計者でもあった。彼としても、客観的に考えて、いまのほうがよりよい環境にあると認めざるをえなかった。機器は新しくなり、安全性も高まり、地縁という点でも恵まれた場所に移ったのだから。

しかし、ギャヴィンがウェスト・オーデントンにあったヘンドリー・アソシエイツ社の大きな旧社屋を離れたことを残念に思う理由がもうひとつあった。そこには、おいしい食べものを味わえるステキなカフェテリアがあったのである。それに引き替え、ここアレクサンドリアの新社屋にはスナック食品の自動販売機しかない休憩室がたったひとつあるだけなのだ。もちろん、レストランなら近くにいくつもある。だから、南へ数ブロック歩いてキング通り《ストリート》までランチを食べにいく職員は多い。だがギャヴィンの場合、わざわざ時間をかけて外に昼食をとりにいくことなんてめったにない。昼はふつう宅配のピザかサンドイッチですませてしまう。それに、毎日、午前と午後の半ばには、スナック食品を食べてエネルギーを注入したくなるので、言うことを聞かないことがままある忌《い》まいましい自動販売機をうまく動かさなければならなくなる。

午前一〇時三〇分、ギャヴィン・バイアリーは狭い休憩室にいて、スナック自動販売機に二五セント硬貨を何枚か落とし入れた。そして選んだ商品のボタンを押した。が、その直後、悔しさのあまりうめいた。お目当てのフライド・ブルーベリー・パイがアクリルガラスの窓とポテトチップスの袋のあいだに挟まってしまったのだ。

「畜生め」思わず声に出した。アクリルガラスを二、三度たたいたが、どうにもならない。しかたなく、これはポテトチップスも食べないといけないという一種のお告げなのだと思うことにして、ふたたびポケットに手を突っ込み、小銭を探しはじめた。とりだした硬貨に目の焦点を合わせたとき、ジャック・ライアン・ジュニアとドミニク・カルーソーが階段を下りて休憩室に入ってきた。

ジャックが言った。「ここにいると、あなたの秘書に言われたんで。午前半ばの小腹満たしですか？」

「この脳をフル回転させるためには大量の燃料が必要になるのさ、ライアン」

「はい、わかっていますよ、しっかりと」ジャックは返した。

ドミニクが言った。「あのですね、ギャヴ、ちょいと旅行でもしたい気分じゃないかなって、おれたちは思ったんですけどね」

ギャヴィン・バイアリーは興奮を隠せなかった。驚いて勢いよくクルッと体を回転させたものだから、数枚の二五セント硬貨が手から飛び出し、タイル張りの床に落ちて跳ねまわった。「いやあ、もちろんさ！　どこへ行くんだ？　いつ？」

「プラハ。すぐにでも。たとえば今夜」

五六歳になるＩＴ部長は満面に笑みを浮かべ、興奮で胸を波打たせた。「プラハ？

中欧の陰謀。石畳の通り。ガス灯。霧。本物の〝マントに短剣《クローク・アンド・ダガー》〟——諜報活動——にぴったりの都市《まち》じゃないか」

ジャックは呆《あき》れて目をちょっと回転させた。「スパイ小説の読みすぎですよ。スパイ活劇をする可能性はゼロ。じっくり監視するというのが、われわれのおもな仕事になるでしょう。あなたにはホテルにいてもらって、パスワードを破る必要がある携帯電話やラップトップ・コンピューターをわれわれが持ち帰るのを待ってもらいます」

「そんなのは簡単にできる」ギャヴィンは肩をすくめた。「それでもまあ、とても楽しいよ」

なんだか落胆したように見えたので、ドミニクが冗談を飛ばした。「そのほうが気分がいいというのなら、ホテルの部屋でマントを羽織ってやるべきことをするという手もあります」

ジャックは笑い声をあげ、ギャヴィンはその冗談に乗った。「うん、普段着のままでいるよりはましかな」

ドミニクは引っかかって落ちてこないフルーツ・パイに気づいた。彼がアクリルガラスの窓にパンチをお見舞いすると、パイは自動販売機の底まで落ちた。ドミニクはパイをとりだし、言った。「いやいや、ギャヴィン、こんなものばっかり食っていたら、いまに死にますよ」

ギャヴィンはフライド・ブルーベリー・パイをドミニクの手からひったくった。

「いや、ドミニク、いまに死ぬのはきみのほうだぞ。イラン人どもと撃ち合うほうがずっと危ない」

ドミニクがおっかない顔をしてギャヴィンをにらんだ。ジャックはそれをはっきりと見た。ギャヴィンは自分がしくじったことを悟った。気まずそうに咳払《せきばら》いをした。

「オーケー、ではと、これからしばらくはコンピューターの取扱説明書を読まなければならなくなるぞと、部下たちに言いにいかなくちゃ。わたしは出張で何日間か会社を空けることになり、手とり足とり教えられなくなるわけだからね」言い終わるなり、階段に向かって歩きだした。

ジャック・ジュニアは従兄《いとこ》を見やった。「イラン人たちと撃ち合うって、いったい何のこと?」

「何でもない」

「そんなこと言わないでさ、教えて」

「われわれはときには単独活動ができるように訓練されないといけない、とジョンも言っている。全体の安全のために、そうした単独行は〈区画化〉されないといけないということさ。つまり、わざと互いにやったことをわからなくする。いまさらきみにこんな初歩的なことを説明するまでもないけどね。いま言えることは、何かが起こって、おれはそれに対処し、問題を解決した、ということだけ。で、いまは次の仕事にとりかかるとき」ドミニクはジャックにウインクし、従弟の肩をポンとたたいた。

「でも――」

「でももくそもない」

ジャック・ジュニアは溜息をついた。「オーケー」

J・アーチャー
永井淳訳
百万ドルをとり返せ！
株式詐欺にあって無一文になった四人の男たちが、オクスフォード大学の天才的数学教授を中心に、頭脳の限りを尽す絶妙の奪回作戦。

J・アーチャー
永井淳訳
ケインとアベル（上・下）
私生児のホテル王と名門出の大銀行家。典型的なふたりのアメリカ人の、皮肉な出会いと成功とを通して描く〈小説アメリカ現代史〉。

J・アーチャー
戸田裕之訳
遥かなる未踏峰（上・下）
いまも多くの謎に包まれた悲劇の登山家マロリーの最期。エヴェレスト登頂は成功したのか？　稀代の英雄の生涯、冒険小説の傑作。

J・アーチャー
戸田裕之訳
15のわけあり小説
面白いのには〝わけ〟がある――。時にはくすっと笑い、騙され、涙する。巨匠が腕によりをかけた、ウィットに富んだ極上短編集。

J・アーチャー
戸田裕之訳
時のみぞ知る（上・下）
―クリフトン年代記　第1部―
労働者階級のクリフトン家、貴族のバリントン家。名家と庶民の波乱万丈な生きざまを描いた、著者王道の壮大なサーガ、幕開け！

J・アーチャー
戸田裕之訳
死もまた我等なり（上・下）
―クリフトン年代記　第2部―
刑務所暮らしを強いられたハリー。彼の生存を信じるエマ。多くの野心と運命のいたずらが二つの家族を揺さぶる、シリーズ第2部！

D・カッスラー
C・カッスラー
中山善之訳

神の積荷を守れ
(上・下)

モスク爆破、宮殿襲撃……。邪悪な陰謀を企むオスマン王朝の末裔が次に狙いをつけたのは――。ダーク・ピット・シリーズ！

C・カッスラー
P・ケンプレコス
土屋晃訳

パンデミックを阻止せよ

中国の寒村で新型インフルエンザが発生。感染力は非常に強く、世界的蔓延まで72時間。米中両国はワクチンの開発を急ぐが……。

C・カッスラー
D・カッスラー
中山善之訳

ステルス潜水艦を奪還せよ
(上・下)

アメリカが極秘に開発していた最新鋭の潜水艦が奪われた！ダーク・ピットは捜査を開始するが、背後に中国人民解放軍の幹部が。

J・グリシャム
白石朗訳

自白
(上・下)

死刑執行直前、罪を告白する男――若者は冤罪なのか？ 残されたのは四日。深い読後感を残す、大型タイムリミット・サスペンス。

J・グリシャム
白石朗訳

巨大訴訟
(上・下)

金、金、金の超大手事務所を辞めた若き弁護士デイヴィッド。なのに金の亡者群がる集団訴訟に巻き込まれ……。全米ベストセラー！

J・グリシャム
白石朗訳

司法取引
(上・下)

警察、検察、FBI、刑務所長、誰もが騙された！ 冤罪で収監された弁護士による、一世一代のコンゲームが始まる――。

T・R・スミス
田口俊樹訳
チャイルド44（上・下）
CWA賞最優秀スリラー賞受賞

連続殺人の存在を認めない国家。ゆえに自由に凶行を重ねる犯人。それに独り立ち向かう男――。世界を震撼させた戦慄のデビュー作。

T・R・スミス
田口俊樹訳
グラーグ57（上・下）

フルシチョフのスターリン批判がもたらした善悪の逆転と苛烈な復讐。レオは家族を守るべく奮闘する。『チャイルド44』怒濤の続編。

T・R・スミス
田口俊樹訳
エージェント6（上・下）

冷戦時代のニューヨークで惨劇は起きた――。惜しみない愛を貫く男は真実を求めて疾走する。レオ・デミドフ三部作、驚愕の完結編！

T・R・スミス
田口俊樹訳
偽りの楽園（上・下）

母が告白した、厳寒の北欧で開かれた狂乱の宴。閉ざされた農場に蔓延る犯罪と陰謀とは。『チャイルド44』を凌ぐ著者最新作！

B・テラン
田口俊樹訳
暴力の教義

武器を強奪した殺人者と若き捜査官。革命前夜のメキシコに同行潜入する二人は過去を共有していた――。鬼才が綴る〝悪の叙事詩〟。

A・パイパー
松本剛史訳
堕天使のコード
国際スリラー作家協会最優秀長編賞受賞

ミルトンの『失楽園』に娘を取り戻す手がかりが？　父親は時空を超える旅に出る。国際スリラー作家協会、最優秀長編賞受賞作。

フリーマントル
稲葉明雄訳

## 消されかけた男

ＫＧＢの大物カレーニン将軍が、西側に亡命を希望しているという情報が英国情報部に入った！　ニュータイプのエスピオナージュ。

フリーマントル
戸田裕之訳

## 顔をなくした男（上・下）

チャーリー・マフィン、引退へ！　ロシアでの活躍が原因で隠遁させられた上、敵視するＭＩ６の影が――。孤立無援の男の運命は？

フリーマントル
戸田裕之訳

## 魂をなくした男（上・下）

チャーリー・マフィンがイギリスのＭＩ６に銃撃された――？　彼に最後の罠をかけたのは誰なのか。エスピオナージュの白眉。

A・S・ウィンター
鈴木　恵訳

## 自堕落な凶器（上・下）

異なる主人公、異なる犯人。三つの異なる事件が描き出す、ある夫婦の20年。全米が絶賛した革新的手法の新ミステリー、日本解禁！

J・M・ケイン
田口俊樹訳

## 郵便配達は二度ベルを鳴らす

豊満な人妻といい仲になったフランクは、彼女と組んで亭主を殺害する完全犯罪を計画するが……。あの不朽の名作が新訳で登場。

J・M・ケイン
田口俊樹訳

## カクテル・ウェイトレス

うら若き未亡人ジョーンは、幼い息子を養うため少々怪しげなバーで働くが……。『郵便配達は二度ベルを鳴らす』の巨匠、幻の遺作。

カフカ
高橋義孝訳
## 変身
朝、目をさますと巨大な毒虫に変っている自分を発見した男――第一次大戦後のドイツの精神的危機、新しきものの待望を託した傑作。

カフカ
前田敬作訳
## 城
測量技師Kが赴いた"城"は、厖大かつ神秘的な官僚機構に包まれ、外来者に対して決して門を開かない……絶望と孤独の作家の大作。

カフカ
頭木弘樹編訳
## 絶望名人カフカの人生論
ネガティブな言葉ばかりですが、思わず笑ってしまったり、逆に勇気付けられたり。今までにはない巨人カフカの元気がでる名言集。

ゲーテ
高橋義孝訳
## 若きウェルテルの悩み
ゲーテ自身の絶望的な恋の体験を作品化した書簡体小説。許婚者のいる女性ロッテを恋したウェルテルの苦悩と煩悶を描く古典的名作。

ゲーテ
高橋義孝訳
## ファウスト（一・二）
悪魔メフィストーフェレスと魂を賭けた契約をして、充たされた人生を体験しつくそうとするファウスト――文豪が生涯をかけた大作。

高橋健二編訳
## ゲーテ格言集
偉大な文豪であり、人間的な魅力にもあふれるゲーテ。深い知性と愛情に裏付けられた言葉の宝庫から親しみやすい警句、格言を収集。

P・オースター
柴田元幸訳
# 幽霊たち

探偵ブルーが、ホワイトから依頼された、ブラックという男の、奇妙な見張り。探偵小説？ 哲学小説？ '80年代アメリカ文学の代表作。

P・オースター
柴田元幸訳
# 孤独の発明

父が遺した夥しい写真に導かれ、私は曖昧な記憶を探り始めた。見えない父の実像を求めて……。父子関係をめぐる著者の原点的作品。

P・オースター
柴田元幸訳
# ムーン・パレス

日本翻訳大賞受賞

世界との絆を失った僕は、人生から転落しはじめた……。奇想天外な物語が躍動し、月のイメージが深い余韻を残す絶品の青春小説。

P・オースター
柴田元幸訳
# 偶然の音楽

〈望みのないものにしか興味の持てない〉ナッシュと、博打の天才が辿る数奇な運命。現代米文学の旗手が送る理不尽な衝撃と虚脱感。

P・オースター
柴田元幸訳
# リヴァイアサン

全米各地の自由の女神を爆破したテロリストは、何に絶望し何を破壊したかったのか。そして彼が追い続けた怪物リヴァイアサンとは。

P・オースター
柴田元幸訳
# トゥルー・ストーリーズ

ちょっとした偶然、忘れがちな瞬間を掬いとり、やがて驚きが感動へと変わる名作「赤いノートブック」ほか収録の傑作エッセイ集。

カポーティ
河野一郎訳
遠い声 遠い部屋

傷つきやすい豊かな感受性をもった少年が、自我を見い出すまでの精神的成長の途上でたどる、さまざまな心の葛藤を描いた処女長編。

カポーティ
大澤薫訳
草の竪琴

幼な児のような老嬢ドリーの家出をめぐる、ファンタスティックでユーモラスな事件の渦中で成長してゆく少年コリンの内面を描く。

カポーティ
川本三郎訳
夜の樹

旅行中に不気味な夫婦と出会った女子大生。人間の孤独や不安を鮮かに捉えた表題作など、お洒落で哀しいショート・ストーリー9編。

カポーティ
佐々田雅子訳
冷血

カンザスの片田舎で起きた一家四人惨殺事件。事件発生から犯人の処刑までを綿密に再現した衝撃のノンフィクション・ノヴェル！

カポーティ
川本三郎訳
叶えられた祈り

ハイソサエティの退廃的な生活にあこがれるニヒルな青年。セレブたちが激怒し、自ら最高傑作と称しながらも未完に終わった遺作。

カポーティ
村上春樹訳
ティファニーで朝食を

気まぐれで可憐なヒロイン、ホリーが再び世界を魅了する。カポーティ永遠の名作がみずみずしい新訳を得て新世紀に踏み出す。

ヴェルヌ
波多野完治訳

# 十五少年漂流記

嵐にもまれて見知らぬ岸辺に漂着した十五人の少年たち。生きるためにあらゆる知恵と勇気と好奇心を発揮する冒険の日々が始まった。

ヴェルヌ
村松　潔訳

# 海底二万里（上・下）

超絶の最新鋭潜水艦ノーチラス号を駆るネモ船長の目的とは？　海洋冒険ロマンの傑作を完全新訳、刊行当時のイラストもすべて収録。

J・オースティン
小山太一訳

# 自負と偏見

恋心か打算か。幸福な結婚とは何か。十八世紀イギリスを舞台に、永遠のテーマを突き詰めた、息をのむほど愉快な名作、待望の新訳。

M・シェリー
芹澤　恵訳

# フランケンシュタイン

若き科学者フランケンシュタインが創造した、人間の心を持つ醜い〝怪物〟。孤独に苦しみ、復讐を誓って科学者を追いかけてくるが――。

スティーヴンソン
田口俊樹訳

# ジキルとハイド

高名な紳士ジキルと醜悪な小男ハイド。人間の心に潜む善と悪の葛藤を描き、二重人格の代名詞として今なお名高い怪奇小説の傑作。

スティーヴンソン
佐々木直次郎
稲沢　秀　夫訳

# 宝　島

一枚の地図を頼りに、宝が埋められている島をめざして船出したジム少年。シルヴァー率いる海賊との激戦など息もつかせぬ冒険物語。

# 米《べい》朝《ちょう》開《かい》戦《せん》 1

新潮文庫　　ク－28－61

*Published 2016 in Japan*
*by Shinchosha Company*

平成二十八年三月一日発行

訳者　田《た》村《むら》源《げん》二《じ》
発行者　佐藤隆信
発行所　株式会社新潮社
郵便番号　一六二―八七一一
東京都新宿区矢来町七一
電話　編集部(〇三)三二六六―五四四〇
読者係(〇三)三二六六―五一一一
http://www.shinchosha.co.jp

価格はカバーに表示してあります。

乱丁・落丁本は、ご面倒ですが小社読者係宛ご送付ください。送料小社負担にてお取替えいたします。

印刷・二光印刷株式会社　製本・加藤製本株式会社


ISBN978-4-10-247261-3 C0197